हिन्द पॉकेट बुक्स

पटरानी

विमल मित्र प्रख्यात बांग्ला लेखक व उपन्यासकार थे। विमल ने सन् 1938 में कलकत्ता विश्वविद्यालय से बांग्ला साहित्य में एम.ए. की उपाधि ली और रेलवे में विभिन्न पदों पर नौकरी की। जून 1956 में डिप्टी चीफ कंट्रोलर के पद से इस्तीफा दे दिया और स्वतंत्र लेखन करने लगे। उन्होंने भारतीय साहित्य को लगभग साढ़े तीन दशकों तक लिखते हुए 60 से अधिक उपन्यास और कहानी संग्रह दिए हैं। उनकी सर्वाधिक चर्चित कृतियों में *साहिब बीवी और गुलाम* शामिल है, जिस पर एक लोकप्रिय फिल्म का भी निर्माण हुआ। *मुजरिम हाज़िर* नाम उनकी एक अन्य कृति पर एक लोकप्रिय टीवी धारावाहिक का भी निर्माण हुआ।

पटरानी

गरीबी से घृणा करने वाली एक दरिद्र युवती के
संघर्ष और उत्कर्ष की मर्मभेदी कहानी

विमल मित्र

हिन्द पॉकेट बुक्स
पेंगुइन रैंडम हाउस इम्प्रिंट

हिन्द पॉकेट बुक्स

यूएसए। कनाडा। यूके। आयरलैंड। ऑस्ट्रेलिया। सिंगापुर
न्यू ज़ीलैंड। भारत। दक्षिण अफ्रीका। चीन

हिन्द पॉकेट बुक्स, पेंगुइन रैंडम हाउस ग्रुप ऑफ़ कम्पनीज़ का हिस्सा है,
जिसका पता global.penguinrandomhouse.com पर मिलेगा

पेंगुइन रैंडम हाउस इंडिया प्रा. लि.,
चौथी मंजिल, कैपिटल टावर -1, एम जी रोड,
गुड़गांव 122 002, हरियाणा, भारत

पेंगुइन
रैंडम हाउस
इंडिया

प्रथम हिन्दी संस्करण हिन्द पॉकेट बुक्स द्वारा 1992 में प्रकाशित
यह हिन्दी संस्करण हिन्द पॉकेट बुक्स में पेंगुइन रैंडम हाउस द्वारा 2022 में प्रकाशित

10 9 8 7 6 5 4 3 2

इस पुस्तक में व्यक्त विचार लेखक के अपने हैं, जिनका यथासंभव तथ्यात्मक सत्यापन किया गया है, और इस संबंध में प्रकाशक एवं सहयोगी प्रकाशक किसी भी रूप में उत्तरदायी नहीं हैं।

ISBN 9789353496340

मुद्रक : मणिपाल टेक्नॉलजीस् लिमिटेड, भारत

www.penguin.co.in

MIX
Paper | Supporting responsible forestry
FSC www.fsc.org FSC® C043100

This is a legitimate digitally printed version of the book and therefore might not have certain extra finishing on the cover.

पटरानी

इस कहानी को लिखने का मेरा कोई खास उद्देश्य नहीं था। यद्यपि पहले मेरी ऐसी धारणा थी कि दुनिया में उद्देश्य ही सब कुछ है, पर अब नहीं। अतः बेहतर यही है कि उद्देश्य-निरुद्देश्य की बात यहीं खत्म कर दी जाए और कहानी को शुरू किया जाए। पर ठहरिए, कहानी शुरू करने से पहले एक गौरचन्द्रिका से परिचय प्राप्त कीजिए।

महाकवि कालिदास ने 'रघुवंशम्' के शुरू में लिखा है, क्व सूर्यप्रभवो वंशः क्व चाल्पविषया मतिः... !'—कहां तो ऐसा बृहद् सूर्यवंश और कहां मेरी यह मन्द बुद्धि, मानो मैं अज्ञानतावश एक तिनके के सहारे अथाह समुद्र पार करना चाहता हूं!

उसी तरह आज कांचन-कामिनी के बारे में लिखते हुए मेरी भी वही दशा हो रही है। वही कांचन-कामिनी, जिसने कितने ही राजा-महाराजाओं एवं कितने ही जमींदारों के दिलों पर राज किया है, कितने ही राज्यों के उत्थान व पतन का कारण बनी है—क्या मैं उसका विवरण सहित ठीकठीक वर्णन कर सकूंगा? जिसके जीवन का कुछ अन्तिम अंश ही मुझे मालूम हो, जिसका पूर्व-परिचय मेरे लिए बिलकुल अज्ञात हो, जिसे कभी देखा ही न हो, जिसकी परिणति, वियोगान्त या मिलनकान्त कुछ भी मैं आज तक नहीं जान पाया, उसके बारे कुछ कहना क्या सहज है?

मैं अलकेश दा को जानता था और अलकेश दा के पिता को भी। अलकेश दा की मां को भी जानता था। लेकिन अलकेश दा की पत्नी को? हां, उसकी कांचन-कामिनी को। वही, जो मेमसाब कहलाती है। वह साडी पहनकर भी मेमसाब कहलाती है, मांग में सिन्दूर भरकर भी मेमसाब, और

पैरों में महावर रचाकर भी मेमसाब। असली विलायती मेमसाब है। जिन मेमसाहिबओं को हमने ग्रैंड होटल और चौरंगी पर उस दिन देखा था और जिनको देखते ही दूर खिसक गए थे, जिनके विजातीयत्व को हम उपेक्षा करते आए हैं, यह भी उसी जाति की मेमसाहब थी। क्या उसको मैं शब्दों के माध्यम से आपके सामने प्रस्तुत कर सकूँगा?

हमारे स्कूल के मास्टर रोहिणी बाबू कहा करते थे, 'अच्छा, बताओ तो बंगाल के किस जिले में रेववे-लाइन नहीं है?'

रोहिणी बाबू भूगोल के मास्टर थे। वे नक्शे की ओर इशारा करके पूछते, 'बताओ तो, कृष्णनगर कहां है?' मैं समूचा नक्शा छान मारता, पर नक्शे का ठौर-ठिकाना भी न मिलता मुझे। लाल, नीले, पीले रंगों की तरंगों से मेरी नजरें धुंधली और कमजोर-सी हो जातीं और मैं परेशानी के अथाह सागर में डूबने-उतराने लगता।

लेकिन जब वे यह पूछते, 'अच्छा बताओ, इंग्लैण्ड की राजधानी का नाम क्या है? या लन्दन के किस हिस्से में विन्सेंट स्क्वायर है? या वहां जाड़े की रातों में कितनी बरफ गिरती है? अथवा वहां के लिस्टर स्क्वायर में कौन लोग रहते हैं? लिस्टर स्क्वायर की चौतल्ला बिल्डिंग में कौन रहते हैं? उनका नाम क्या है? और वे कितने भाई-बहन हैं? उनकी दीदी नोरा स्मिथ के साथ कलकत्ते के निवासी अलकेश मित्र का क्या सम्पर्क है?' तो इन प्रश्नों का मैं फटाफट जवाब दे सकता था। विन्सेंट स्क्वायर की बस्ती में जो लड़के-लड़कियां रहते थे वे सब कैसे कपड़े-लत्ते पहनते थे, यह भी मुझे मालूम था। बड़े रास्ते के शो-केस में टंगे मोजें, गाउन आदि की क्या कीमत है, यह भी मुझे कंठस्थ था, जबकि मैं विन्सेंट स्क्वायर कभी नहीं गया हूं। विन्सेंट स्क्वायर तो दूर, मैं तो बंगाल से ही बाहर कहीं नहीं गया हूं। हमारे दूर के रिश्ते में ताऊ के लड़के अलकेश दा को छोड़कर विलायत भी कोई नहीं गया। फिर भी मैं वहां के बारे में सब कुछ जानता था और यह सब मुझे मुंहज़बानी याद था।

पर उम्र बढ़ने के साथ-साथ सब कुछ बदल जाता है। इतने दिनों में मैं अलकेश दा की पत्नी की बात भी प्रायः भूल ही बैठा था। इस बीच कांग्रेस, पाकिस्तान और हड़तालों से सम्बन्धित कितनी ही घटनाएं इस पृथ्वी पर घट

चुकीं। इन बड़ी-बड़ी घटनाओं के दबाव से दुनिया की छोटी. मोटी घटनाएं न जाने कहां दब-चिंथकर गायब हो गई, किसी के पास इसका कोई हिसाब नहीं है। मेरे पास भी नहीं। और लोगों की तरह मैं भी इस दुनिया के पंच तत्त्वों द्वारा बदल दिया गया। मैं भी बड़ा हुआ। मेरी भी गृहस्थी हुई।

और उसके बाद एक दिन...।

एक दिन मैं राजस्थान की ओर घूमने गया था।

अजमेर से आबू रोड का एक रात का सफर है। रात को खापीकर ट्रेन में बैठो और रात-भर बड़े आराम से सोओ। सुबह आठ-नौ बजते न बजते आबू रोड स्टेशन पहुंच जाओगे। ऐसा लगेगा, जैसे हम सफर में आने वाले मरुभूमि के पहाड़ आदि सबको पीछे छोड़कर बिलकुल हरियाली के कुंज में पहुंच गए हैं...।

कहां जाऊंगा या कहां ठहरूंगा, कुछ भी तय नहीं था। इसीलिए आबू रोड स्टेशन पर उतरने से पहले मैंने इस बारे में तय कर लिया था। लेकिन जब ट्रेन से उतरा तो सब गड़बड़ हो गया। लगा, किसी राजा-महाराजा के बड़े-बड़े माल;असबाब उसी गाड़ी से उतारे जा रहे हैं। प्लेटफॉर्म के सारे कुली उसी में व्यस्त थे। आखिर मैंने अपना सूटकेस और बिछौने का बंडल स्वयं ही घसीटकर प्लेटफॉर्म पर उतारा और फिर बड़े असहाय भाव से एक कुली की उम्मीद में इधर-उधर चारों ओर नजरें दौड़ाई। पर मेरी ओर किसी का ध्यान ही नहीं था। तब तक उधर सोने-चांदी से जड़ित एक पालकी आ चुकी थी। इसके अलावा, बहुत-सा लाव-लश्कर और सिपाहीप्यादे भी थे। सबके हाथ में मोटे-मोटे लट्ठ थे। लाल-नीले, रंग-बिरंगे धोती-घाघरे की अनोखी राजपूती पोशाकों से सज्जित स्त्री-पुरुषों से पूरा प्लेटफॉर्म भरा पड़ा था। पीछे से लगेज-वैन से बड़े-बड़े सन्दूक उतारे जा रहे थे। और उनका साइज? तोबा! लोग ट्रेन में सफर करने के लिए हलकी चीजें साथ लेना पसन्द करते हैं। पर इनका ढंग अनोखा ही था। पीतल के चार पिंजरों में पक्षी, तीन में बिल्ली तथा दो में कुत्त थे।

मैंने एक टिकट-चेकर को पुकारा, 'सुनिए!...'

पर उस कक्त किसको मेरी बात सुनने की फुरसत थी! स्टेशन-मास्टर स्वयं वहां खड़े होकर यह सारा नजारा देख रहे थे। उधर गार्ड लाल झंडी ऊंची किए खड़ा था। मुझे लगा कि यहां किसी से सहायता चाहना एक बहुत बड़ी विडम्बना है। कलकत्ते में एक मित्र ने कहा था, 'आबू रोंड पहुंचकर स्टेशन से बाहर बस का टिकट ले लेना। उसके बाद तुम होटल या धर्मशाला, जहां जाना चाहोगे वे तुमको वहां पहुंचा देंगे। एक अच्छा-सा गाइड साथ ल लेना; बस, फिर कोई चिन्ता नहीं।'

मैं सोच रहा था, कहीं ऐसा न हो कि आखिर में बस भी यथा-समय छूट जाए और मुझे दिन-भर यहीं रहना पड़े।

अचानक हाथ में लठ लिए एक पगड़ीधारी व्यक्ति मेरे सामने आ खड़ा हुआ और बहुत ही सम्मान सहित मुझे सलाम किया। फिर एक मुड़ा हुआ कागज मेरी ओर बढ़ाकर बोला, 'मुझे हुजूरा-इन ने भेजा है।'

'हुजूराइन?' मैं एकदम हक्काबक्का-सा हो गया। यह हुजूराइन भला कौन है? किस बात की चिट्ठी भेजी है? आखिर मैंने पूछ ही लिया, 'हुजूराइन कौन है भाई?'

पत्र पढ़कर मेरी समस्या का समाधान हो गया।

पत्र में लिखा था, 'देवरजी, तुम यहां आए हो, यह मैं देख चुकी हूं। मैं भी अभी इसी गाड़ी से यहां पहुंची हूं। तुम्हें होटल में रहने की जरूरत नहीं है। मेरी गाड़ी आई हैं। इस आदमी के साथ चले आओ। उसके बाद मेरे हवामहल में रहने का इन्तजाम हो जाएगा। वहीं मुलाकात होगी—तुम्हारी मेम भाभी।'

उस व्यक्ति ने कहा, 'राजा साहब नहीं आ सके, हुजूर!'

मैंने पूछा, अच्छा, 'पर राजा साहब हैं कहां?'

'फतेहगढ़ में।'

उसके बाद फिर बोला, 'चएिए हुजूर, हुजूराइन की गाड़ी बाहर तैयार खड़ी हैं।'

फिर न जाने कहां से दो व्यक्तियों को बुलाकर उनके सिर पर मेरा. सामान उठवा दिया। मैंने प्लेटफॉर्म पर चारों ओर नजर दौड़ाई तो देखा कि इस बीच बड़े-बड़े बक्स-सन्दूक, कुत्ते-बिल्ली सब नदारद हो गए हैं। 'पालकी के चारों तरफ झालरें पड़ चुकी थीं और उसे आठ मजदूर अपने कंधे पर

रखकर चल पड़े थे।

बाहर बस, मोटर और तांगे का अड्डा था। वहां की सारी भीड़ से बच-बचाकर उस व्यक्ति ने मुझे एक बहुत बड़ी मोटर में बैठा दिया। सामान कहां रखा गया, वह सब मुझे देखने की जरूरत नहीं थी। मैंने देखा कि कुछ दूर पर एक और बड़ी गाड़ी खड़ी है। उसी के सामने बड़े-बड़े पर्दो की ओट में सलमे-सितारों का ओढ़ना ओढ़े एक नारी-मूर्ति पालकी से उतरी। उसके पांवों में सुनहरी चप्पलें थीं। बारीक ओढ़नी पर धूप पड़ने से हीरे-पन्ने के गहने चमचमा रहे थे। एक के बाद एक करके चार गाड़ियां स्टार्ट हुई। आगे-पीछे अन्य दो गाड़ियां, और बीच में हुजूराइन की गाड़ी; फिर मेरी गाड़ी।

मैं सोच भी नहीं सकता था कि इतने दिनों बाद, करीब एक साल के बाद, अचानक इस तरह मेम भाभी से मुलाकात हो जाएगी।

वह दृश्य आज भी मेरी आंखों के सामने स्पष्ट झिलमिला उठता है और इसके साथ ही मेम भाभी का वह चेहरा भी तैर जाता है। लम्बाई साढ़े पांच फुट। दूध की तरह उजला बदन। गाल पर कहीं कोई फुंसी या तिल तक भी नहीं। मोटे फले-फुले-से होंठ। आंखों की कमल सदृश पंखुड़ियां और हाथों की वे नरम-नाजुक. अंगुलियों के छोरों पर पॉलिश किए हुए लम्बे-लम्बे नाखून। मक्खन सरीखे हसीन चेहरे पर एक छोटा-सा सिर। सिर पर सुनहरे बालों का एक गुच्छा, जिनमें बंगाली लड़कियों जैसी मांग निकाली गई थी। मांग में छोटी-सी सिंदूर की रेखा। यह चेहरा और यह रूप, मेरे मन-प्राण में इस कदर घुल-मिल गया है कि इसे मैं कभी भूल सकूंगा, ऐसी बात मैं सोच भी नहीं सकता।

जब अलकेश दा मेम भाभी से शादी करने के पश्चात सर्वप्रथम घर लौटे थे, तब मेम भाभी को देखकर मुझे भी ऐसा ही लगा था। इससे पहले मैंने किसी भी मेमसाहब को हमारे घर की बहुओं जैसी पोशाक पहने नहीं देखा था। बल्कि वह भी उस समय तक ठीक तरह से साड़ी पहनना नहीं सीख पाई थी। उसे ठीक तरह से चूंघट भी निकालना नहीं आता था।

पर उस दिन तो एक और ही पोशाक में देखा था उसे। सचमुच

बिलकुल अनोखी पोशाक थी उसकी। भाभी को मैंने कितनी बार कितनी पोशाकों में देखा है, इसका कोई हिसाब नहीं। और पोशाक बदलने के साथसाथ मनुष्य में भी कितना आमूल परिवर्तन आ जाता है, इसका भी कोई हिसाब नहीं।

तो अब असली घटना की चर्चा करूं।

मुझे याद है मेम भाभी कहा करती थी, 'लन्दन में मेरे पिताजी के पास दो-दो कारें हैं। पिताजी रोज सुबह मुझे कार में बैठाकर घुमाने ले जाते। मेरी एक बगल पिताजी बैठते और दूसरी बगल मां।'

मेम भाभी से विन्सेंट स्क्वायर की और भी बहुत-सी कहानियां मैंने सुनी थीं, जैसे जिस दिन बहुत बरफ गिरती, उस दिन घर से बाहर निकलना नहीं होता था। उस दिन तो बस घर में बैठकर कॉफी पीना और माँ से कहानियां सुनना ही होता। मां का शरीर स्थूल था। अतः सारे भाईबहन मिलकर भी मां को चारों ओर से घेरकर पकड़ नहीं सकते थे। मेम भाभी के घर पर कितने ही लड़के आते थे। बहत दूर-दुर से आते वे सब। सभी कहते कि अगर मेंम भाभी से उनकी शादी नहीं हुई, तो वे आत्महत्या कर लेंगे। आदि-आदि।

मैं पूछता, 'तो फिर भैया से तुम्हारी मुलाकात किस तरह हुई, भाभी?'

तब मैं बहुत छोटा था। अलकेश भैया की बहू को देखकर मेरी छोटी मौसी की आंखें विस्मय से फैल गई थीं। वे बोली थीं, 'छोटी दीदी, गाल उसके ऐसे गोरे हैं कि क्या बताऊं।'

बड़ी ताई कहतीं, 'बहू देख आए भई; आहा...!'

मां ने तब तक मेम भाभी को नहीं देखा था। अतः पूछ बैठी 'देखने में कैसी है, बड़ी दीदी? मांग में सिंदूर लगाती है?'

रंगा चाची ने कहा, 'उइ दैया! उसके हाथ में तो शंख की चूड़ियां भी थीं। जैसा बदन का रंग है, वैसे ही गहने पहनती है। कच्चे केले के रंग की बनारसी साड़ी में बहू ऐसी फब रही थी कि बस, पूछो मत। और सुनो, सबका चरण-स्पर्श करके प्रणाम भी किया।'

बड़ी ताई ने कहा, 'ठीक ऐसी लग रही थी मानो अन्नपूर्णा की तस्वीर हो। ओह, क्या रूप था! ठीक वैसी ही, जिसे कांचन-कामिनी कहते हैं।'

मां ने कहा, 'है भी तो सचमुच में मेमसाहब ही न! फिर गोरी नहीं तो क्या काली होगी?'

रंगा चाची ने कहा, 'पर मेमसाहब होने से ही क्या कोई इतना गोरा होता है? मेरे घर के बगल वाले मकान में रहने वाले एक व्यक्ति का छोटा लड़का विलायत से मेम ब्याह लाया है। वाह, जैसा रंग है, वैसी ही शरीर की गढ़न है। एक पैर पर दूसरा पैर रखकर चाय पीती है।अन्त में सास की हालत इतनी खराब हुई, पर बहू के हाथों से सेवा करवाना तकदीर में नहीं लिखा था। एक साल पूरा होते न होते बेचारी चल बसी।'

रंगा चाची के पिता के घर के बगल वाले मकान के छोटे लड़के की बहू के बारे में न जाने मुझे क्यों उत्सूकता पैदा हो गई। मैं भी मां के पास बैठा सारी बातें ध्यान से सुन रहा था। मैंने पूछा, 'फिर क्या हुआ, रंगा चाची?'

मेरी ओर अब तक किसी का ध्यान नहीं था। अब मेरी ओर देखकर रंगा चाची ने कहा, 'हाय अम्मां, तू शायद सब बातें सुन रहा था। शैतान कहीं का, सारी बातों में कान देता है!'

'अब तो मेरी उत्सुकता और भी बढ़ गई। मैंने कहा, 'बताओ न रंगा चाची, उसके बाद क्या हुआ?'

पर तब तक रंगा चाची यह प्रसंग भूल चुकी थी। बोली, 'किसका क्या हुआ, रे?'

मैंने कहा, 'तुम्हारे पिता के घर के बगलवाली उस मेम बहू का?'

बड़ी ताई ने कहा, 'तो तू वही बात मन-ही-मन सोच रहा है अब तक? देख रही हो न अपने लड़के की बुद्धि! यह बड़ा होकर सचमुच ही मेम ब्याहकर लाएगा। देख लेना तुम!'

मां ने कहा, 'हुंह, मेम लाएगा! अगर मेम-बेम लाया तौ झोंटा पकड़ बाहर न निकाल दूंगी? मैं अपने चौके में भला मुरगी-गाय का गोश्त लाने दूंगी?'

"अगर लड़के को वही पसन्द हो, तो तुम क्या करोगी?'

मां ने कहा, 'ऐसे लड़के को चीरकर नहीं रख दूंगी? सात जन्म तक बांझ होना मंजूर है, पर विलायती बहु की जी-हुजूरी करना मेरे वश का रोग नहीं। देवी दुर्गे, रक्षा करना मां!'

रंगा चाची कहने लगी, 'और फिर विलायती बहू का वह सिंगार. पटार, बाप रे बाप! अपनी उस पड़ोसिन विलायती बहू के बारे में मैं क्या बताऊं? अब तो वे सब अलग हो गए हैं। विलायती बहू के प्यार में डूबकर, उसकी ख्वाहिशें पूरी करते-करते उस लड़के ने मकान भी गिरवी रख दिया। मैं पिछले दिनों अपनी मां के यहां गई थी तो सुना कि मेम साहिबा भर्तार के मुंह पर लात मारकर विलायता चली गई है।'

मां ने कहा, 'देख लेना, अलकेश की बहू भी एक दिन विलायत चली जाएगी। मेरी आज की कही बात याद रखना। काला साँप भी भला कहीं दूध केले खिलाकर पाला जाता है?'

बड़ी ताई ने कहा, 'अच्छा, तो अब चलूं। साड़ी-ब्लाउज धोकर सुखा दूं। उसने चरण स्पर्श करके प्रणाम जो किया है! बहुत घृणा हो रही है। चाहे जो भी हो, है तो बह आखिर मलेच्छ ही न!'

लेकिन अलकेश भैया की तकदीर अच्छी थी।

मझले ताऊजी तब जिन्दा थे। किसी जमाने में वे बहुत शौकीन व्यक्ति थे। नुकीली मूंछे रखते थे। यह भी सूना है कि जब वह जवान थे, तब तबला बहुत अच्छा बजा लेते थे। फिर बड़े बाजार की ओर अपनी बैठक जमाते-जमाते न जाने कैसे रुई के कारोबार की ओर नजर पड़ गई। बस, रुई के व्यापार में थोड़े-से रुपये लगाकर प्रथम महायुद्ध के समय उन्होंने बहुत रुपये कमा लिए। फिर तो अपना मकान बनवा लिया, कार खरीद ली। चूंकि रुई ने उनको उन्नति की ओर अग्रसर किया था, इसलिए उन्हें अधिक सम्मान नहीं मिला। रुई के व्यापार की बात सुनकर लोग-बाग नाकभौं सिकोड़ने लगते। कोई अगर पूछे, 'आप क्या काम करते हैं?' तो यही न बताना पड़ेगा कि रुई का व्यापार!

वे बेटे से कहा करते, 'सारी जिन्दगी रुई का कारोबार करना पड़ेगा, ऐसा कोई आवश्यक तो नहीं है।'

लोग-बाग कहते, 'देखो, रुई इतनी तुच्छ वस्तु है; लेकिन उसी में इनके पास इतना अधिक पैसा हो गया!'

स्कूल में पीठ पीछे से अलकेश को दिखाकर लड़के आपस में कहते, 'वह देखो, वह रहा रुई वाले का लड़का!'

ऊपर से मझले चाचा, पिताजी और चाचाजी आदि से वे कहा करते, 'तुम लोग सिर्फ नौकरी ही करते रह गए, पर व्यापार का मर्म नहीं समझ सके। अरे, चाहे रुई हो या और कोई चीज, पैसा होने से ही प्रेस्टिज बढ़ती है।'

मझले ताऊजी कहते, 'तुम्हारी इन बातों में आकर मैं अपने लड़के को इस रुई के कारोबार में नहीं घुसने दूंगा।'

मझली ताई के बस एक ही लड़का था—अलकेश। उन्होंने अपने पति को बेटे का नाम रखने की आजादी नहीं दी। उन्होंने कहा था; 'अगर तुम नाम रखोगे तो लोग नाम सुनकर ही समझ जाएंगे कि यह रुई वाले का बेटा है।'

अपने पिता के घर जाकर मझली ताई ने किसी साहित्यिक या कवि को पत्र देकर बुलाया था, तब जाकर लड़के का नामकरण किया गया था। वही लड़का बड़ा हुआ। हां, वही अलकेश! एक दिन आई० ए०, बी० ए० पास भी हो गया। फिर मझली ताई ने उसे बैरिस्टरी पढ़ने के लिए विलायत भेज दिया। अगर सच कहा जाए तो यह सब जो कुछ हुआ, मझली ताई के कहने-सुनने से ही हुआ।

एक साल निकल गया, फिर दूसरा भी निकल गया, लेकिन लड़का नहीं लौटा।

रास्ते में कोई मुलाकाती पूछ लेता, 'मित्त र साहब, अलकेश कब लौट रहा है?'

मझले ताऊजी जवाब देते, 'यही, इसी जनवरी महीने में।'

फिर भी एक के बाद एक कई जनवरी महीने निकल गए।

तब ताऊजी यों कहने लगे, 'जितने दिन वहां रहेगा उतना अच्छा ही तो है। कुछ सीखेगा। समझेगा। आदमी बन जाएगा। यहां आते ही तो घर-गृहस्थी का चक्कर लग जाएगा। मैं स्वयं भी तो शादी करके अनुभव कर

चुका हूं। शादी हुई और बाल-बच्चे हुए; उसके बाद तो बहुत-से झमेले है ही।'

फिर न जाने रुई के कारोबार में कुछ ऐसी बात हुई या उनके शरीर ने इतनी मेहनत करने से इंकार कर दिया कि अचानक उन्होंने रुई की दूकान उठा दी। गाड़ी भी बेच दी। दिन-भर तो घर के भीतर रहते और शाम को लाठी टेकते हुए घूमने निकल जाते। रात दस बजते न बजते घर की सारी बत्तियां बन्द हो जाती। स्वास्थ्य भी दिन पर दिन खराब होता गया। मूंछों के सूई जैसे दोनों नुकीले छोर झूल आए। रात को कभी नींद खुल जाती तो आहें भरते। अगर बाहर निकलना बहुत ही आवश्यक हो जाता तो होंफते हुए से पोस्ट ऑफिस की तरफ चले जाते और लड़के के नाम लन्दन मनीऑर्डर लगा आते।

सतीविलास बाबू नाक पर चश्मा चढ़ाकर प्रश्न करते, 'लड़का कब लौट रहा है, मित्तर साहब?'

मझले ताऊजी कहते, 'यही अगस्त के अन्त तक।'

और आखिर लड़का लौट भी आया, पर अगस्त के अन्त में नहीं। जनवरी में भी नहीं। एकदम से तीन साल बाद, और वह भी बहू लेकर। बिलकूल मेम पत्नी!

पर तब तक मझले ताऊजी गुजर चुके थे। हां, ताई अवश्य जीवित थीं, पर मर जाना ही उनके हक में शायद बेहतर होता।

मुहल्ले की लड़कियां कहतीं, 'लो, अब बह आकर तुम्हारी सेवा करेगी।'

मझली ताई कहतीं, 'अब क्या हमारा जमाना रहा है, बेटा! अब तो यही देखो कि बहू मेरी सेवा करती है, या बहू की सेवा कोई करता है।'

बात बड़े ही मान के साथ कही गई थी, पर मेम बहू को देखते ही उनके जितने से प्राण बचे थे, वे भी डूब गए।

अलकेश भैया समझदार व्यक्ति थे। हावड़ा स्टेशन से बाहर निकल उन्होंने एक बनारसी साड़ी, शंख की चूड़ियां, सिंदूर आदि सब खरीद दिए। बिलकूल बंगाली परम्परा के अनुसार पत्नी को सजा-संवारकर घर पहुंचे। बहू-बेटियों का दल एकदम से अचकचा गया। इस घर, उस घर,

इस मुहल्ले, उस मुहल्ले, सब जगह यह खबर फैल गई। सब मुंह बाए मेम बहू की ओर देख रहे थे। बंगला बोली ही नहीं समझती तो बात कोई कैसे करे?

मेम भाभी ने बिलकुल हतप्रभ होकर जब सास के पांव छूकर प्रणाम किया, तो देखती है कि सभी की हंसी रोके नहीं रुक रही है।

मझली ताई आंसू बहातीं, और कहतीं, 'मेरी सेवा क्या करेगी, वह तो मेरी बात ही नहीं समझती। पानी का लोटा मांगू तो चाय का कप ला देती है। मेरी अच्छी मौत है।'

मझली ताई का तो मरण था, पर पड़ोसियों को चर्चा की अच्छी खुराक मिल गई थी!

कोई कहता, 'उनकी मेम बहू की नई खबर क्या है, भई?'

कोई कहता, 'सुना है, मेमसाहिबा बंगला सीख रही हैं?'

एक कहता, 'रंगा दीदी से सुना है कि मेमसाहिबा छिप-छिपकर सिगरेट पीती हैं?'

तो दूसरा कहता, मैंने सुना है कि अलकेश भैया बाजार से गुप-चुप टिन के डिब्बे में गाय का गोश्त लाकर खिलाता है?'

कोई कहता, तो करे भी क्या, भई? अगर किसी को सिगरेट पीने की आदत हो, तो क्या नहीं पीएगी? यही, जैसे हमें चाय पीने का नशा है।

एक दिन मेरे बड़े भाई अलकेश भैया के घर गए थे। वापस आए तो बोले, 'यह देख, चॉकलेट!'

मैंने पूछा, 'किसने दी?'

भैया ने कहा, 'मेम भाभी ने।'

मेम भाभी ने? मेरी भी बहुत इच्छा हुई मेम भाभी को देखने की। सबके मुंह से मेम भाभी के बारे में सुन-सुनकर अपनी नजरों में स्वयं ही मैंने उनका खाका खींच रखा था। मुझे ऐसा लगता, मक्खन-सा मुलायम शरीर, दूध-सा उजला रंग, बनारसी साड़ी पहने हुए, माथे पर सिंदूर की बिन्दी! और ताई का दिया हुआ नाम, कांचन-कामिनी! यानी सोने के रंग भी देह वाली!

पर मुझे बहुत शर्म आती मेम भाभी के पास जाने में।

जिस दिन मझली ताई मरी थीं, उस दिन सिर्फ दूर से देखा था मैंने मेम भाभी को।

अलकेश भैया ने तो रो-रोकर समुन्दर भर दिया। देखा, मेम भाभी भी स्तब्ध, काठ के पुतले-सी एक कोने में खड़ी है। ऐसी घटना उससे आज तक तो कभी देखी नहीं थी न! एक महीने तक शोक मनाया गया। अलकेश भैया का कोर्ट जाना भी बन्द हो गया।

पर लोगों का ध्यान उस ओर नहीं था। सबको मेम भाभी के प्रति उत्सुकता थी। सब कहते, 'शायद मेमसाहिबा भी अलकेश के साथ शोक मना रही हैं!'

बड़ी ताई कहतीं, 'हां भई, दिखता तो यही है। स्वयं बनाकर मिट्टी के सकोरे में मटर की दाल, भात और उबला हुआ कच्चा केला खाती है। नौकर-चाकर को भी नहीं छूने देती।'

बहुत लोग इस बात का विश्वास न करते। कहते, 'यह सब लोकदिखावा है। सच बात तो यह है कि कमरे में भीतर से सांकल लगाकर टिन में से मांस निकालकर खाती है।'

रंगा चाची कहती, 'अगर यह सच नहीं, तो शाम को मोटर में बैठकर कहां जाती है, जरा मैं भी तो सुनूं? अवश्य ही होटल में मांस निगलकर आती है।'

पिताजी कहते, कहा नहीं जा सकता, कोई-कोई मेमसाहब भली भी होती हैं। हमारे ऑफिस के डिकिन्सन साहब की पत्नी काली पूजा का प्रसाद खाया करती थी।'

मां कहती, 'तब तो लड़की के रूप में यह मेम प्रह्लाद का ही अवतार है, दैत्य-कुल में प्रह्लाद ने ही लड़की के रूप में जन्म लिया है।'

अलकेश भैया तब कोर्ट गए हुए थे। मेरे स्कूल की छुट्टी थी। मां को भी किताब पढ़ते-पढ़ते नींद आ गई थी। खिड़की की राह बाहर निकल कर मैं सीधा मेम भाभी के घर जा पहुंचा। सदर दरवाजा खुला ही था। सीढ़ियों

से होकर मैं सीधा ऊपर पहुंच गया। कहीं कोई नहीं था। अलकेश भैया के कमरे का दरवाजा उढ़काया हुआ था। मुझे न जाने कैसे डर-सा लगने लगा। धीरे-धीरे दरवाजे में फांद करके भीतर झांकने ही जा रहा था कि अचानक पीछे से न जाने किसने पकड़ लिया। बोली, 'व्हाट? नाऊ?'

पीछे मुड़कर चेहरा देखते ही मेरा समूचा बदन ठण्डा पड़ गया। मेम भाभी सामने खड़ी थी।

वही फिर मुझसे बोली, 'कम इन!'

मैंने कहा, 'मैं अंग्रेजी नहीं जानता।'

लेकिन मेम भाभी मेरा हाथ पकड़कर सीधे कमरे में ले गई। स्वयं एक चेयर पर बैठ गई और मुझे भी अपने सामने एक चेयर पर बैठा लिया।

मेम भाभी ने कहा, 'अच्छा, तो मैं बंगला बोलू, सुनोगे?'

मैंने कहा, शायद अलकेश भैया ने तुम्हें बंगला सिखा दी है?'

मेम भाभी ने कहा, 'तुम्हारा नाम क्या है?'

मेरा नाम सुनकर भाभी ने कहा, 'वेरी गुड, बहुत अच्छा!' फिर बोली. 'तुम भी मित्र, मैं भी मित्र। मेरा नाम है श्रीमती नीरा मित्र।'

इतना कहकर वह उठी और एक इजी-चेयर से पीठ टिकाकर बैठ गई। फिर मुझसे बोलो, 'भई, अपनी चेयर मेरी चेयर के नजदीक खिसका लो।'

मैंने कहा, 'मुझे चॉकलेट नहीं दोगी मेम भाभी? मेरे मझले भाई को तो दी थी?'

मेम भाभी ने कहा, 'चॉकलेट तो सारी खत्म हो गईं, भाई। न्यू मार्केट से और चॉकलेट खरीदकर लाऊंगी। तुम कल फिर आना।'

उसके बाद मेम भाभी ने कहा, 'मैं तो तुम्हें चॉकलेट दूंगी, और तुम मुझे क्या दोगे, जरा मैं भी तो सुन?'

मैं मेम भाभी से बहुत ही सटकर बैठा था। मेम भाभी की देह से एक विचित्र-सी महक निकल रही थी। आहा, कितनी मीठी महक थी वह! चॉकलेट से भी ज्यादा मीठी। हाथों की चमड़ी कितनी मुलायम थी! उस समय उसने एक फ्रॉक पहन रखी थी, जो घुटनों तक झूल रही थी। फ्रॉक

तो मझली दीदी भी पहनती है, पर वह तो देखने में इतनी अच्छी नहीं लगती।

मेम भाभी ने कहा, 'इस तरह क्या देख रहा है, रे?'

शर्म से मैं धरती में गड़ गया; मैंने नजर झुका ली।

मेम भाभी ने फिर पूछा, 'बोल न, क्या देख रहा था?'

मैंने कहा, 'सभी मेमसाहिबाएं शायद तुम्हारी तरह ही सुन्दर होती हैं, भाभी?'

मेरी बात सुनकर मेम भाभी खूब हंसने लगी। फिर बोली, 'तुमने कितनी मेमों को देखा है, रे?'

मैंने कहा, 'एक को भी नहीं; सिर्फ तुम्हें ही देखा है। क्या सभी मेम इसी तरह फ्रॉक पहनती हैं?'

मेम भाभी और ज्यादा हंसने लगी। बोली, 'फ्रॉक पहनकर शायद मैं सुन्दर दीखती हूं?'

मैंने कहा, 'तुम मां की तरह साड़ी मत पहना करो, मेम भाभी! हरदम फ्रॉक ही पहना करो।'

मेम भाभी ने जवाब दिया, 'वाह रे पहनूं कैसे नहीं; अलक जो मुझे साड़ी पहनने को कहता है। वह कहता है कि इस देश में लड़कियां बड़ी होकर फ्रॉक नहीं पहनतीं।'

मैंने कहा, 'लेकिन साड़ी पहनकर तुम मां की तरह भद्दी जो लगोगी।'

मेम भाभी ने कहा, 'शायद तुम्हारी मां देखने में भद्दी लगती है?'

मैंने कहा, "मां तुम जैसी गोरी जो नहीं है। वह बस मामूली-सी गोरी है।'

मेम भाभी ने कहा, 'मां के बारे में कहीं ऐसी बात कही जाती है, पगले! छी:!' फिर बोली, 'यह देख, क्या मेरी मां की फोटो देखेगा?'

कहकर उठी और टेबल से दो फोटो निकाल लाई। बोली, 'यह देख, यह मेरे मां-पिताजी की फोटो है। जब मैंने अलक से शादी की थी, तो मेरे पिताजी नाराज़ हो गए थे; क्योंकि हमारी फैमिली में किसी ने भी इण्डियन से शादी नहीं की थी। पर मेरी मां ने मेरा चुम्बन लेकर मुझे बहुत प्यार किया था। इण्डिया आने के समय मैं बहुत रोई थी, भई; क्योंकि मां मुझे। बहुत

चाहती थी न।'

मैंने पूछा, 'मां के लिए तुम्हारा जी कैसा कैसा नहीं होता, मेम भाभी?'

मेम भाभी ने कहा, 'करे भी तो जोर क्या? अलक ने कहा, उसके मांबाप उसे इण्डिया लौट आने के लिए बार-बार पत्र लिख रहे हैं। अलक वहां आखिर कितने दिन रहता? और वहां रहने के लिए उसे भला रुपये भी कौन भेजता?'

मैंने कहा, 'अलकेश भैया तुम्हें शायद बहुत चाहते थे?'

मेम भाभी ने जवाब दिया, 'बहत। मैं भी अलक को बहुत चाहती थी। अलक शैतान जो था।'

मैंने पूछा, 'मेम भाभी, शैतान लड़के क्या अच्छे होते हैं? पर मैं जब शैतानी करता हूं, तो मां मुझे बहुत डांटती है?'

मेम भाभी ने कहा, 'शैतान लड़के मुझे बहुत अच्छे लगते हैं।'

मैंने कहा, 'मैं इतनी शैतानी करता हूं, इसीलिए तो मां मुझे शैतान कहकर पुकारती है। तब तो मुझे भी तुम प्यार करोगी?'

मेम भाभी ने कहा, 'हां, देख, मैं तुझे इस प्रकार स्नेह किया करूंगी। यह देख!'

कहकर मेम भाभी ने मुझे पास खींच लिया और मेरे गाल पर एक दीर्घ चुम्बन कस दिया। आहा, क्या ही आश्चर्यजनक लगा था मुझे! मेम भाभी के होंठ बहुत कोमल थे। लाल-लाल होंठ। बगल के शीशे में देखा कि मेरे गाल पर मेम भाभी के होंठों पर लगे रंग का निशान पड़ गया था।

मुझे याद है, सुबह कोर्ट जाने से पहले अलकेश भैया रोज मेम भाभी का चुम्बन लेते थे। मैं सामने रहता तब भी शर्म नहीं आती थी उन्हें।

अलकेश भैया कहते, 'अरे, वह तो बच्चा है अभी; वह कुछ नहीं समझता।'

मझली ताई के मरने पर उसी अलकेश भैया ने शोक मनाया। गले में कोरा कपड़ा, खाली पांव, हाथ में आसन। विलायत-रिटर्न होने के बावजूद इस अनुष्ठान में उन्होंने कोई त्रुटि नहीं आने दी। बड़े ताऊजी, रंगा चाची, पिताजी

सभी दंग रह गए। यहां तक कि घर के पुरोहित ने भी कहा, 'मेम ब्याह लाए तो क्या हुआ, लालाजी के मन में देवी-देवताओं के प्रति आस्था और भले-बुरे का ज्ञान है, भैया! पांच सौ रुपये तो सिर्फ ब्राह्मण-दक्षिणा में खर्च किए हैं।'

सब जगह अलकेश भैया के गुण-गान की चर्चा फैल गई।

फिर भी किसी-किसीने कहा, 'चाहे जो भी हो पंडितजी, आप घर जाकर कपड़े बदल डालिए। म्लेच्छ को छुआ है न! तीन जन्म धारण ' करेंगे तब भी शुद्ध नहीं होंगे।'

पडितजी ने कहा, 'हां, कपड़े तो अवश्य बदलूंगा। घर जाते ही ये कपड़े धो डालूंगा।'

पंडितजी ने यह भी कहा, 'मैंने भी क्या सहज ही में हाथ फैलाकर दक्षिणा ली है, भैया? पहले गाय का गोबर खिलाकर मेमसाहिबा को जात में मिलाया, तब जाकर पैर छूने दिया है।'

मैंने एक दिन भाभी से पूछा भी, 'क्या तुमने गोबर खाया था, मेम भाभी?'

मेम भाभी ने पूछा, 'क्यों रे? किसने कहा तुमसे?'

मैंने कहा, 'रंगा चाची ने।'

मेम भाभी ने हंसकर कहा, 'खा लिया तो क्या हुआ? अगर गोबर खाने से ही कोई मुझे छूने दे, तो गोबर भी खा लूंगी। मुझे कोई भी छूना जी नहीं चाहता, क्योंकि मैं मेमसाब हूं न।'

फिर कुछ रुककर बोली, हां रे, यहां से जाने के बाद तू अपने पैण्टकमीज तो धो लेता है न?'

मैंने पूछा, 'क्यों? पैण्ट-कमीज क्यों धोऊ?'

'बिना धोए तेरी मां तुझे घर में घुसने देती है?'

मैंने कहा, 'मां को तो मालूम ही नहीं है कि मैं तुम्हारे घर आता हूं। मैं पार्क जाने का नाम लेकर तुम्हारे यहां चला आता हूं।'

मेम भाभी ने पूछा, 'अगर तेरी मां को पता चल गया, तो?'

'मां को कैसे पता चलेगा?''

मांग में सिन्दूर भरते हुए मेम भाभी बोली, 'मैं तुम्हें इतनी अच्छी क्यों लगती हूं, रे? मैं चॉकलेट देती हूं, इसलिए?'

मैंने कहा, 'चॉकलेट तो तुम सभी को देती हो, लेकिन क्या सभी को तुम इतनी अच्छी लगती हो?'

मेम भाभी ने पूछा, 'फिर क्या बात है?'

मैं चुप रहा। मुझे सच्ची बात बताने में शर्म महसूस हुई।

मेम भाभी ने कहा, 'जब मैं अलक के साथ इण्डिया में आई थी, तो पहले-पहल मुझे कैसा डर लगा था, जानते हो?'

मैंने पूछा, 'कैसा डर लगा था?'

मेम भाभी ने बताया, 'यह देश मैंने पहले कभी देखा तो था नहीं, इसलिए विन्सेंट स्ववायर में सबने मुझे डराना शुरू किया कि इण्डियन लोग बहुत गन्दे होते हैं। चार-पांच शादियां करते हैं। रास्ते में ही शेर-चीते आदि घूमते रहते हैं। और बहू को सब नौकर-चाकर की तरह खटाते हैं।'

फिर बोली, 'अलक ने मुझे सब कुछ समझा-बुझा दिया था, पर मेरा डर कम नहीं हुआ। फिर जहाज में एक बंगाली बहू से मेरी मुलाकात हुई। उसने मुझे सिखाया कि किस तरह प्रणाम करना चाहिए। किस तरह सास का कहना मानना पड़ता है। सब कुछ सिखाकर वह बोली, वहां किसीके सामने सिगरेट नहीं पीना। लोग बुराई करेंगे।

फिर उसी बहू ने बताया, सास की चरण-धूलि लेकर माथे से हाथ छुआना। सास-ससुर के सामने पति से बात मत करना, और रात को जब सब खा-पी चुकें तब कमरे में सोने जाना।'

मेम भाभी ने अपनी पतली-लम्बी अंगुलियों की ओर देखते हुए कहा, 'उसीसे तो मैंने हाथ से खाना सीखा। उसीसे दाल-भात और मछली रांधना सीखा। बहुत ही अच्छी लड़की थी भई सब कुछ सिखा दिया मुझे।'

फिर माथे पर सिंदूर की एक बिन्दी लगाकर बोली, 'पर यहां आकर तो मैंने देखा कि सब कुछ उससे उलटा निकला।'

'उलटा कैसे?'

'और नहीं तो क्या? पैर छूकर प्रणाम करने जाओ, तो सभी पांव पीछे खींच लेते हैं। छू देती हूं, तो सब अपने कपड़े धोते हैं। मेरे हाथ का बनाया खाना कोई नहीं खाता। घर में मेरे लिए रसोइया नहीं रहना चाहता। कोई भी

हिन्दू नौकर मेरे घर में काम करने को तैयार नहीं।

मेम भाभी ने फिर कहा, 'इसीलिए जिस दिन. रसोइया भाग जाता है, उस दिन हम लोग होटल जाकर खाना खा आते हैं।'

मैंने पूछा, 'अच्छा नेम भाभी, तुम तो गाय का मांस खाती हो न?'

प्रश्न सुनकर मानो मेम भाभी हतवाक्-सी हो गई। बोली, 'शायद किसी ने यह पूछने को कहा है तुम्हें?'

मैंने कहा, 'तुम खाती हो कि नहीं, यह बताओ न?

'किसने पूछा है, बताओ तो? तुम्हारी मां ने?'

मैंने कहा, 'गाय तो भगवती का रूप होती है। गाय खाना क्या अच्छी बात है? तुम्ही बताओ।'

मेम भाभी की आंखें छलछला आईं।

मैंने कहा, 'मेम भाभी, अब कभी गाय मत खाना। भैया कहते हैं कि जो गाय खाते हैं, उन्हें बहुत पाप लगता है।'

मेम भाभी ने कहा, 'अच्छा, मुझे पाप ही लगने दो। इससे अगर तकलीफ होगी तो मुझे, तुम्हें क्या?'

पता नहीं, मुझे उस समय क्या सूझी, मैंने कह दिया, 'अगर तुम्हें तक. लीफ हुई, तो मुझे भी तो होगी न!'

सहसा ही मेम भाभी ने मुझे बाहों में भींचते हुए मेरे दोनों गालों का चुम्बन ले लिया और बोली, 'अय-हय' शैतान लड़के! अच्छा, अब मैं गाय नहीं खाऊंगी, बस न?'

फिर बोली, 'अब तो मैं गोबर खा चुकी हूं, क्या उससे भी शुद्ध नहीं हुई?'

इसके बाद तो, पता नहीं क्यों, नशा जैसे और भी तेज हो उठा। मेम भाभी को जब तक रोज एक बार देख न लेता, तब तक मुझे नींद ही नहीं आती थी। सुबह जब आंखें खोलता, तो सबसे पहले मेम भाभी की याद आती और पढ़ने बैठता तो सिर्फ मेम भाभी की ही तस्वीर आंखों के सामने नाचती रहती।

स्वप्न में भी मेम भाभी ही दिखाई देती रहती। मेम भाभी अगर मुझसे प्यार से बात न करती, तो मुझे रोना आ जाता। मैं अपना खेल-कूद सब भूल

गया। अपने यार-दोस्तों को भी भूल गया।

इसके पहले खेलने के लिए मैंने कितने ही लड़कों के घर जाकर उनकी खुशामद की है। उनके मां-बाप से कितनी फटकारें सुनी हैं। वे लोग कहते, 'जा, जा, अपने घर जा। दोपहर को भी खेल नहीं सूझता है! तुम्हें लिखना-पढ़ना कुछ नहीं है क्या, रे? तेरी मां क्या तुझे कुछ नहीं कहती?'

मैं डरकर वहां से भाग आता। फिर दूसरे लड़के के घर जाकर उसे बुलाता। पर वहां भी वही डांट-फटकार सुनकर अपने घर लौट आता। उसके बाद दोपहर के समय अकेले-अकेले ही छत पर जाकर मिट्टी लाता, उसे भिगोकर किसी देवता की मूर्ति बनाता और फिर मन ही मन अपने से ही उसकी पूजा करता। रास्ते में खेलते-खेलते कितनी ही बार साथियों से झगड़ा हो जाने पर वे मार-मारकर मेरी पीठ टेढ़ी कर देते, पर घर आकर मैं रोता नहीं था, इसलिए कि किसीको मालूम न पड़ जाए।

जहां-जहां भी जाता, यही परिणाम निकलता। बिलासपुर, जबलपुर, कलकत्ता, सभी जगह एक ही बात। सभीने मुझे अकेला छोड़ दिया। इसलिए मैं अपने मन से ही मिट्टी और कीचड़ से देवता की मूर्ति बनाता। लाल, नीली पेंसिल से तस्वीरें बनाता और जब अकेला होता, पास कोई नहीं होता, तो चुपचाप सिनेमा के गाने गाता।

मां को सुनाई पड़ जाता तो वह कहती, 'छोकरे को पढ़ना-लिखना तो कुछ है नहीं। बस, गाने गाता रहता है।'

शाम को मास्टरजी आ पकड़ते पढ़ने के लिए और कहते, 'इसे कभी कुछ नहीं आएगा। घर में जरा भी नहीं पढ़ता।'

मां कहती, 'मेरा तो यही एक लड़का बेवकफ निकल गया। हाथ की पांचों अंगुलियां बराबर भी तो नहीं होती। खैर, जैसा मेरी किस्मत में लिखा है, वही तो होगा।'

चारों तरफ से जब इसी प्रकार के इल्जाम और सितम मझ पर ढाए जा रहे थे और प्यार व दिलासा की कोई किरण भी कहीं दिखाई नहीं दे रही थी, ठीक उसी समय मेम भाभी मेरे जीवन में आई। मेम भाभी भी मेरी ही तरह बिलकुल अकेली थी। अलकेश भैया सुबह ही हाईकोर्ट चले जाते। उसके बाद

घर में बिलकुल सूनापन छा जाता। तब मेम भाभी को कोई काम नहीं रहता। शुरू-शुरू में तो मुहल्ले की बहू-बेटियों के मन में उसके प्रति उत्सुकता थी कि किस तरह वह गाउन पहनती है, किस तरह साड़ी पहनती है, हाथ से किस तरह खाना खाती है, और किस तरह बात करती है।

बड़ी ताई कहतीं, 'तुम्हारे देश में चम्मच से किस तरह खाते हैं, जरा खाकर दिखाओ न?

और जब खाते हुए देखतीं, तो देखकर दंग रह जातीं। कहती, 'अरे, तुम्हारा बायां हाथ भी जूठा हो गया! अब इस जूठे हाथ से चौके की सब चीजें छूओगी? ओह, कितनी गन्दी हो तुम, हमें तो घृणा होती है!'

रंगा चाची पूछती, 'अच्छा बहन, यह छोटी लड़कियों की तरह फ्रॉक पहनने में शर्म नहीं आती तुम्हें?'

मेम भाभी कहती, 'शर्म क्यों आएगी। वहां सभी तो फ्रॉक पहनते हैं।'

'किस उम्र तक फ्रॉक पहनते हैं, तुम्हारे वहां?'

'उम्र चाहे जो हो, वहां तो सभी फ्रॉक ही पहनते हैं और फ्रॉक पहनकर ही बाहर भी निकलते हैं।''

रंगा चाची का चेहरा घृणा एवं शर्म से लाल हो उठता। फिर वह खिलखिलाकर हंस पड़ती और कहती, 'जवान लड़कियां भी पहनती हैं? हे भगवान, बड़ी-बूढ़ी औरतें फ्रॉक पहनकर भला सड़क पर कैसे निकल पाती होंगी! एक हम लोग भी हैं, जो ग्यारह हाथ की साड़ी में भी अपनी शर्म नहीं ढंक पातीं, और तुम लोग? म्लेच्छों के देश में सारे काम ही म्लेच्छता से भरे होते हैं।'

मैं देखता, तब भी मेम भाभी के चेहरे पर शिकन नहीं आती। किसी भी आक्षेप का उसपर असर नहीं होता था। सबके प्रश्नों के उत्तर देती रहती वह।

पर मुझे बड़ा क्रोध आता।

जब सब चले जाते, तब मेरी आंखों से टप-टप आंसू गिरने शुरू हो जाते। मैं कहता, 'तुम उन लोगों से क्यों बात करती हो, मेम भाभी? तुम उन लोगों से कुट्टी क्यों नहीं कर लेती?'

मेम भाभी रूमाल से मेरी आंखें पोंछ देती। कहती, 'बोलने दो, मेरा तो

इससे कुछ बनता-बिगड़ता नहीं।'

मैं कहता, 'वे सब तुम्हें ऐसी बातें कहते ही क्यों हैं?'

मेम भाभी कहती, 'उनके कहने से मेरा क्या बिगड़ता है, भइया? मैं उन लोगों से जितनी बातें सीख सकू, उतना ही अच्छा है।'

क्षण-भर बाद वह फिर कहने लगती, 'उन्हीं लोगों से तो मैंने गोबर से घर लीपना सीखा है, खाना खाकर जूठे हाथ धोना सीखा है, पैरों में महावर रचाना सीखा है। अगर वे लोग न होते, तो मुझे कौन सिखाता यह सब; बताओ तो?'

मैं जवाब देता, 'यह सब मैं भी सिखा सकता हूं तुम्हें।'

'तुम सिखा सकते हो यह मैं जानती हूं। पर जब तुम बड़े हो जाओगे, तब देखूंगी कि कैसे गुण भरे हैं तुममें!'

मैं कहता, 'तुम अलकेश भैया को क्यों नहीं कह देतीं यह सब?'

मेम भाभी कहती, 'जो व्यक्ति दिन-भर ऑफिस में इतना खटकर थका-मांदा घर आता है, उसे यह सब अगर कहने बैठ जाऊं, तो क्या उसे बुरा नहीं लगेगा?'

फिर कहती, 'मेम से शादी करने की वजह से एक तो योंही अलक को कोई सहन नहीं कर पाता है, उसपर अगर मैं भी यह सब कहना-सुनना शुरू कर दूं, तो फिर कोई आंख उठाकर भी हमारे घर की तरफ नहीं देखेगा।

मैं कहता, 'फिर तुमने अलकेश भैया से शादी क्यों की। यह शादी नहीं होती, तो तुम्हारी यह दुर्दशा तो न होती। तुम कितने बड़े आदमी की बेटी हो, विलायत में ही किसी बड़े आदमी से तुम्हारी शादी हो जाती।'

'मेरी बातें सुनते-सुनते मेम भाभी अचानक उदास हो जाती, मानो सहसा ही उसे सब कुछ याद हो आया हो। और मैं देखता, पलंग पर लेटी हुई मेम भाभी विन्सेंट स्क्वायर के एक आलीशान मकान में निर्निमेष नजरों से आसमान की ओर देख रही है। मानो वे सारे दृश्य मेम भाभी की आंखों के सामने तैर उठे हों।

मैं स्वयं कभी विलायत नहीं गया। कभी वहां जाने की इच्छा भी नहीं हुई। पर मेम भाभी की आंखों की ओर देखकर मैं अपने मन में विलायत के

विन्सेंट स्क्वायर की एक मनगढंत तस्वीर बना लेता था।

मैं पूछता, 'तुम्हारे पिताजी बहुत बड़े आदमी हैं न मेम भाभी?'

इसी तरह एक ही बिछौने पर लेटे-लेटे हम देवर-भाभी कभी खत्म न होने वाली बहुत-सी बातें करते रहते।

जब मेम भाभी उत्तर नहीं देती, तो मैं दुबारा पूछता, 'तुम्हारे पिताजी क्या बहुत बड़े आदमी हैं, मेम भाभी?'

मेम भाभी अन्यमनस्कता से कहती, 'हां, बहुत बड़े।'

मैं पूछता, 'तुम्हारे यहां मोटरगाड़ी थी?'

मेम भाभी कहती, 'हां।'

मैं फिर पूछता, 'कितनी?'

मेम भाभी कहती, 'दो। एक पुरानी और एक नई।'

'तुम हमेशा कार में बैठकर घूमने जाती थीं?',

'हां।'

मैं पूछता, 'कहां घूमने जाया करती थीं तुम?'

'मेम भाभो कहती, 'कितनी ही जगह घूमने जाती।'

फिर भी मैं पूछता, 'किस-किस जगह जातीं?'

मेम भाभी कितनी ही जगहों के नाम गिनाती। वे नाम कितने सुन्दर होते थे! आज वे सब नाम मुझे याद नहीं हैं, पर वे नाम सुनकर ऐसा लगता था, मानो वे सब स्थान बहुत ही खूबसूरत होंगे। हमारे मुहल्ले से बहुत अधिक सुन्दर। वहां ऐसी धूल, धुआं, बालू वगैरह नहीं होगी। सभी लड़के-लड़कियां उजले-गोरे चेहरे वाले होंगे, जो साफ-सुथरे कपड़े पहनते होंगे। चारों ओर फूल और पत्ती, खेलना और गाना ही होता होगा। किसी को डांटता नहीं, कोई किसी को मारता नहीं, कोई किसी को रुलाता नहीं। स्कूल के मास्टर बच्चों को बहुत प्यार करते हैं और हिसाब गलत होने की वजह से बच्चों को बेंच पर खड़ा नहीं कराते।

मैं पूछता, 'तुम दोपहर के वक्त क्या करती थीं, मेम भाभी?'

नेम भाभी जवाब देती, 'स्कूल जाती थी।'

मैं फिर पूछता, 'क्या तुम स्कूल में सवाल भी निकाल पाती थीं?'

मेम भाभी कहती, 'हां।'

तब मैं बहुत छोटा था और मेरे प्रश्न बहुत ही विचित्र होते थे; पर अनवरत जवाब देते रहने पर भी मेम भाभी ऊबती नहीं थी। कहती, 'मेरे वे दिन कितने सुख में गुजरे, इसकी तुम कल्पना भी नहीं कर सकते। सिर्फ मेरे लिए घर में अलग से आया थी, जो मुझे खिलाया करती, मेरे साथ खेलती, मुझे कपड़ा पहना देती, जूते-मोजे पहना देती तथा रात को लोरी गाकर मुझे सुला देती। मुझ अकेली के पास सात जोड़े जूते-चप्पल थे। हमारा घर इस मकान से चार गुना बड़ा था, जिसमें सामने बहुत बड़ा लॉन और पिछवाड़े फल-फूलों का बगीचा था।'

पता नहीं, इतनी हसीन जिन्दगी को छोड़कर ऐसा दुःख उठाने के लिए क्यों मेम भाभी ने अलकेश भैया के साथ शादी की?

मैं कहता, 'अच्छा अलकेश भैया से अगर तुम शादी न करती, तब तो तुम्हें यह नरक भोगना न पड़ता।'

मेम भाभी कहती, 'कहां, मुझे तो कोई तकलीफ नहीं है यहां। तुमने कौन-सी कमी देखी यहां, जिसकी मुझे तकलीफ होती?'

मैं कहता, 'अरे वाह, तुम कितने बड़े बाप की वेटी हो! कितने लाड़प्यार से पाली हुई! भला यहां आकर तुम्हें तकलीफ नहीं होगी? सारा काम तुम्हें स्वयं करना पड़ता है यहां।'

मेम भाभी कहती, 'तो क्या हआ? अलक मुझे चाहता भी तो है।'

मैं कहता, 'पर तुम्हें बता दूं मेम भाभी, कि मैं भी तुम्हें बहुत चाहता हूं।'

मेरी बात सुनकर मेम भाभी ने मुझे बांहों में जकड़ लिया था और बोली थी, 'इसीलिए तो तुम्हारा नाम शैतान बाबू रखा है!'

पर अलकेश भैया के कोर्ट से लौटने के कुछ देर पहले से मेम भाभी बहुत व्यस्त हो जाती। बाथरूम में जाकर नहाती, फिर सिल्क की नई साड़ी पहनती, चेहरे पर पाउडर-स्नो लगाकर तैयार होती।

मुझसे कहती, 'अपनी अनामिका से जरा मेरे माथे पर गोल बिन्दी तो लगा दे। दोनों भौंहों के बिलकुल बीच में।'

'मेम भाभी ने बंगालिनों की तरह अपने बाल लम्बे बढ़ा लिए थे, पर अपने-आप जुड़ा ठीक से नहीं बना पाती थी। कभी-कभी मैं कहता, 'लाओ

मेम भाभी, मैं तुम्हारी चोटी गूंथ दूं।'

मेम भाभी क्षण-भर सोचकर कहती, 'तू बना सकेगा मेरी चोटी?'

मैं कहता, 'जिस प्रकार रंगा चाची मां का जूड़ा बना देती है, उसी तरह मैं भी बना दूंगा; तुम देखो तो सही।'

पर जूड़ा बनाना इतना आसान नहीं था। फिर भी मेम भाभी के रेशम से बालों से मैं बहुत देर तक उलझता रहता। बहुत देर तक मेरी ओर पीठ किए-किए वह कहती, 'क्यों, बना कि नहीं?'

मैं कहता, 'बस, जरा-सा बाकी है।'

पर मेम भाभी के रेशम जैसे लम्बे-लम्बे बालों को लाख कोशिशों के बावजूद मैं अपनी गिरफ्त में नहीं कर पाता था। जैसे ही चोटी बनाकर गांठ लगाने की कोशिश करता वैसे ही मेरे हाथों से सारे बाल फिसल जाते। पर फिर भी छोड़ने की इच्छा नहीं होती थी। मेम भाभी के बालों से अकारण ही मैं खेलता रहता।

जब मेम भाभी का धीरज टूट जाता तब वह कहती, 'अरे, बना कि नहीं तुम्हारा जूड़ा?'

मैं कहता, 'बस, जरा-सा और ठहर जाओ, मेम भाभी!'

और मेरा फिर वही केश-विन्यास का दौर चालू हो जाता। मेम भाभी के बालों को मैं बार-बार मुट्ठी में भर लेता, और फिर छोड़ देता छोड़ते ही रेशम के गुच्छे की तरह वे सारी पीठ पर बिखर जाते। मेम भाभी के बाल थे भी कितने लम्बे-लम्बे! मेरी मां से भी ज्यादा लम्बे थे मेम भाभी के बाल। रंगा चाची से भी अधिक लम्बे। अगर खुला छोड़ दें, तो पीठ से झुलते हुए जमीन पर लोट जाते-मेम भाभी के गोरे पांवों की एड़ियों तक।

जब मेम भाभी का धीरज जवाब दे जाता, तब वह कहती, 'चल हट, बस बहुत हो चुका! तुझे जूड़ा बनाना आता ही नहीं। मेरी तो गर्दन भी दुखने लगी।

पर महावर रचाने में मैं बहुत पटु था। मेम भाभी को जमीन पर बैठने की आदत नहीं थी। अगर काफी देर उसे जमीन पर बैठना पड़ता तो बाद में उसे बहुत तकलीफ होती थी। इसीलिए मेम भाभी चेयर पर बैठ जाती और घुटनों

तक साड़ी ऊंची कर लेती। मैं जमीन पर उसके पैरों के नजदीक बैठकर दोनों पांव अपनी गोद में रख लेता। फिर तूलिका ले, मोमसे उजले उसके पांवों के किनारे-किनारे महावर लगा देता।

कभी-कभी मेम भाभी अपने पैर बीच में ही हटा लेने का प्रयत्न करती।

मैं कहता, यह क्या, ऐसे क्यों करती हो? सारा महावर घुल-मिल जाएगा।

मेम भाभी खिलखिलाकर हंस पड़ती। कहती, 'मुझे गुदगुदी लग रही है।'

मैं गुस्सा हो जाता और कहता, ऐसे करोगी तो मैं तुम्हारे महावर नहीं लगा सकता।

मेम भाभी कहती, अच्छा-अच्छा, अब पैर नहीं हिलाऊंगी।' और स्थिर होकर बैठने की कोशिश करती। पर फिर भी पांव बार-बार हिल ही जाते। मेम भाभी के उन कमल जैसे चरणों का भी क्या कहना था! दोनों पांवों को पकड़कर महावर रचाने के बहाने कितनी ही बार मैं टीप देता। मैं चाहता कि मेरा यह महावर रचाना कभी खत्म न हो। मैं चाहता कि इसी तरह दोनों पैर गोद में रखे जिन्दगी-भर मेम भाभी के पैरों में महावर रचाता रहूं।

अलकेश भैया जब कोर्ट से लौटते तो पूछते, 'अरे, तुम्हारे महावर किसने लगा दी?'

मेम भाभी मुस्कराते हुए कहती, 'और कौन? इन्हीं नटखट देवरजी ने।'

मैं डर के मारे काठ हो जाता। अगर अलकेश भैया बिगड़ उठे और आने को ही मना कर दें!

मेम भाभी फिर कहती, 'जानते हो, यह बिन्दी भी इसी ने लगा दी है।'

बस इसके बाद मेरा वहां टिकना सम्भव न होता। अलकेश भैया मेम भाभी के साथ कार में बैठकर घूमने चले जाते और मैं धीरे-धीरे कदम बढाता अपने घर चला आता और घर आकर मेम भाभी की बात सोचते सोचते ही

सो जाता।

मेम भाभी पूछती, 'एक दिन तू भी चलेगा हमारे साथ घूमने?'

मैं पूछता, 'कहां?'

'जहां हम जाते हैं। किसी दिन तुम्हें भी ले चलेंगे। तुम्हें आइसक्रीम खिलाएंगे। तुम अपनी मां से बोल आना, हां?'

'मैं कहता, 'मां तुम्हारे साथ थोड़े ही जाने देंगी! तुमको छूने से तो कपड़े बदलने और धोने को कहती हैं।'

पर आखिर मैं अपना लालच नहीं रोक पाया। मेम भाभी और अलकेश भैया उस समय सज-संवरकर एकदम तैयार थे। मेम भाभी ने पूछा, 'क्यों रे नटखट, चलेगा हमारे साथ?'

मैंने कहा, 'हां, चलूंगा।'

फिर अलकेश भैया तो सामने बैठकर कार चलाने लगे और मेम भाभी उनके बगल में बैठ गई। मैं बैठा पीछे की सीट पर। मुझे यह अच्छा नहीं लगा। भला मेम भाभी बगल में न बैठी हो, तो अच्छा लगे भी कैसे? मेम भाभी ने मुझसे बात भी नहीं की। पूरे रास्ते सिर्फ अलकेश भैया से ही बात करती रही। दोनों बिलकुल सटकर बैठ गए थे और न जाने कहां-कहां की कितनी बातें कर रहे थे। मेम भाभी को बंगला सिखाने के उद्देश्य से अलकेश भैया हरदम बंगला में ही बोलते और मेम भाभी भी बंगला में ही बात करती। इस समय दोनों अपने में ही मग्न थे और मेरी और किसी का ध्यान नहीं था।

इसके बाद मैं फिर कभी उनके साथ नहीं गया। घर में बैठे-बैठे मेम भाभी पर मान करके मुंह फुलाए।

मनुष्य की उम्र बढ़ने के साथ-साथ उसके मन में भी बुजर्गी आने लगती है। कभी जिस मेम भाभी को मैंने सिर्फ अपना बना लेना चाहा था और जब अलकेश भैया उसमें हिस्सा बंटा लेते थे, तो मेरा मन उदास हो जाया करता था; आज उन दिनों की बातें याद आने पर हंसी आती है। स्कूल से लौटते समय कितनी बार सोचा कि आज जाकर जरूर देख आऊंगा कि मेम भाभी कैसी है। लेकिन तब तक अपने मन में आहिस्ता आहिस्ता मैं

अपराध-बोध महसूस करने लगा था। मैंने मन में समझना सीख लिया था कि मैं मेम भाभी का कोई सगा नहीं, बल्कि पराया हूं और मेम भाभी मेरी पराई है। अब पहले की तरह एक ही बिस्तर पर मेम भाभी के पास सोकर लाड़ करवाने की उम्र नहीं रही थी मेरी। इसके अलावा, अब मेम भाभी के दोनों पैरों को गोद में रखकर महावर लगाना न तो सम्भव है और न ही यह सब उचित है।

यह सब समझते हुए भी अपना लोभ संवरण न कर पाता।

अचानक किसी दिन जा पहुंचता तो मेम भाभी दंग रह जाती। कहती, "इतने दिन कहां था रे?'

उसके बाद अपने शयनकक्ष में ले जाकर चाय पिलाती। पिछली रातं को होटल से ले लाए केक-पेस्ट्री खाने को देती। मेम भाभी और अधिक बंगालिन बनती जा रही थी। साड़ी के पल्लू में चाबी का गुच्छा बांध रखा था। भीगे बालों को पीठ पर फैला रखा था। लेकिन खुले बालों को योंही नहीं रखगा चाहिए, इसलिए बीच के कुछ बाल लेकर एक गिरह बांधी हुई थी। माथे पर सिंदूर की एक बिन्दी लगा रखी थी और पैरों में महावर।

मैंने पूछा, 'मेम भाभी। तुम्हारे पांवों में महावर कौन रचा देता है?'

मेम भाभी ने मुस्कराते हुए कहा, 'तुम क्या समझते हो कि तुम्हारे सिवाय मुझे और कोई महावर लगाने वाला है ही नहीं?'

मैंने कहा, 'मैं तो अब बड़ा हो गया हूं न, इसलिए नहीं लगा पाता। क्या अब भी मुझसे महावर लगवाना पसन्द करोगी?'

'ओह, यह बात है! जरा मैं भी तो देखू, तुम कितने बड़े हो गए हो!'

कहकर हंसते-हंसते मेरे सामने आ खड़ी हुई, फिर बोली, 'जरा खड़े हो तो नापकर देखू कि कितना बड़ा हो गया है!'

मेम भाभी की छाती से सटकर बिलकुल उसके सामने खड़ा हो गया मैं।

मेम भाभी ने कहा, 'और पास खिसक आओ।'

फिर मुझे हाथ से नापते हुए कहा, 'यह देख, तू अभी मेरे सीने तक भी नहीं पहुंचा है।

पर मुझे उस वक्त ऐसा लग रहा था, मानो तेज ज्वर आ गया हो। मेरे

आंख, कान, नाक, मुंह मानो उत्तेजनावश गरम हो उठे हों। मैं सिर झुकाकर वापस चेयर पर आ बैठा।

मेम भाभी ने मेरे पास आकर पूछा, 'क्यों रे, इतना हॉफ क्यो रहा है? प्यास लगी है क्या? पानी लाऊं?'

मेम भाभी पानी ले आई।

फिर बोली, 'कल अलक को क्या हुआ, जानते हो?'

मैंने पूछा, 'क्या हुआ?'

मेम भाभी ने कहा, 'एक्सीडेण्ट को बंगला में क्या कहते हैं, रे?'

मैंने कहा, 'दुर्घटना।'

मेम भाभी ने कहा, दुर्घटना? इसका मतलब?'

'इसका मतलब एक्सीडेण्ट।'

और दोनों एक साथ हंस पड़े।

मेम भाभी ने कहा, 'चल हट, एक्सीडेण्ट का मतलब दुर्घटना नहीं होता। मेरा मतलब यह था कि जैसे आज अचानक दोपहर को तू मेरे घर आया तथा मैंने तुम्हें नापकर देखा और तुम्हें पानी की प्यास लग आई, इसे भी तो एक्सीडेण्ट ही कहते हैं।'

मैंने कहा, 'यह भला क्यों एक्सीडेण्ट होने लगा? और अगर है भी तो इसका पर्यायवाची बंगला शब्द कुछ नहीं होता।'

मेम भाभी ने कहा, 'पर कल का एक्सीडेण्ट तो सचमुच ही दुर्घटना थी, भई! अलक कार चला रहा था और उसी हालत में मैं उसका चुम्बन लेने लगी थी। ठीक उसी वक्त सामने एक कार आ पहुंची।'

मैंने कहा, 'ओह, गजब हो गया! फिर क्या हुआ?'

समसामयिक साधारण घटनाओं से ही मनुष्य का जीवन बनता-बिगड़ता रहा हैं। मैं बहुत बार सोचता रहा हूं कि आदमी शादी क्यों करता है? एकदम अकेला रहने में उसे आराम ही तो है। किसी तरह की जिम्मेदारी नहीं रहती। इसी तरह अगर अलकेश भैया शादी न करते तो किसका क्या बिगड़ जाता? मझली ताई इस तरह बेमौत न मरतीं और मझले ताऊजी भी कुछ

और दिन जिन्दा रह सकते थे। कहां की कौन तो मेम भाभी! और किस देश की बेटी! जहां पैदा हुई, बड़ी हुई; वहीं अपना बाकी जीवन भी बिता सकती थी। क्यों वह सात समुन्दर पार करके इस समस्या की सृष्टि करने आई यहां? यह समस्या और यह परेशानी सिर्फ मेम भाभी और अलकेश भैया के लिए ही नहीं थी, बल्कि मेरे लिए भी थी। वह न आती तो मुझे भी लड़कियों के चरित्र का एक और पहलू देखने को न मिलता!

मैंने कितने ही तरह के चरित्र की लड़कियां देखी हैं, पर सभी एकदूसरी से भिन्न थीं। किसी से भी किसी का सामंजस्य नहीं था। पर क्या एक ही नियम के अन्तर्गत सभी को आबद्ध करना सम्भव है? क्या एक ही सांचे में सभी को ढाला जा सकता है?

आज मैं अपने कमरे के एक कोने में बैठा लिखता हूं और अपने अतीत की घटनाओं की सिर्फ जुगाली करता हूं। जीवन-पथ पर चलते-चलते जिनजिनसे मेरा साक्षात्कार हुआ था; किसी से कुछ समय के लिए या किसी से लम्बे अरसे के लिए; उन सभी को मन ही मन प्रणाम करता हूं।

मेरे बचपन के समय जब मेम भाभी और अलकेश भैया के जीवन में चरम धुर्घटना आई थी, तब भी मैंने उन दोनों की मंगल-कामना ही की थी।

मुझे अच्छी तरह याद है कि हमारे स्कूल के गेट के पास दरबान का 'घर था, जहाँ पीपल के पेड़ के नीचे एक शिवलिंग था। स्कूल से लौटते समय उसकी सीमेंट से बनी पक्की वेदी पर बहुत देर तक माथा टेककर प्रणाम किया था मैंने और कहा था, 'हे शिवजी, अगर आप सच्चे हैं तो मेरी मेम भाभी के मन को शान्ति दें!' उसके बाद कहा था, 'हे शिवजी, मेरी मेम भाभी हिन्दू नहीं है, इसलिए आप विचार मत करिएगा। मेम भाभी ने गाय का मांस खाना छोड़ दिया है। वह गोबर खाकर शुद्ध हो चुकी है। एक अलकेश भैया को छोड़कर मेम भाभी का अपना और कोई भी इस देश में नहीं है, अत: उसे शान्ति देना, भगवान!'

पर आखिर उससे भी कुछ नहीं हुआ।

कालीघाट के ट्राम-डिपो के पास एक क्रिश्चियन गिर्जाघर था। एक दिन

पैदल चलते-चलते वहां गया और चर्च के खंभों के सामने हाथ जोड़कर मैंने प्रार्थना की थी, 'मेम भाभी के मन को शान्ति दो, ईशू! मेम भाभी का मंगल करना। तुम्हारे देश की लड़की इस देश में बहू बनकर बहुत मुसीबतें झेल रही है प्रभु, उसे अब और मुसीबत में मत डालना।'

लौटते समय कालीघाट के मन्दिर में सवा पांच आने का प्रसाद चढ़ाकर मैंने मिट्टी के चपटे सकोरे में प्रसाद और जवा फूल लाकर मेम भाभी को दिया था और कहा था, 'यह फूल लेकर माथे से छुआओ और प्रसाद खालो।'

और सावधान भी कर दिया था कि, 'प्रसाद खाकर हाथ धो डालना मेम भाभी, नहीं तो पाप लगेगा।'

मेम भाभी ने पूछा, 'क्या हिन्दू भगवान का प्रसाद मैं खा लूं?'

मैंने कहा, 'तो क्या हुआ? फिर तुम तो गोबर खाकर शुद्ध भी हो चुकी हो।'

पर मेरी इतनी प्रार्थना, इतनी पूजा, इतनी मन्नत आदि से भी कुछ फायदा नहीं हुआ। मैं रात-दिन प्रार्थना करता कि मेम भाभी का कुछ भी अनिष्ट न हो, लेकिन अन्त में अलकेश भैया के चचेरे भाइयों ने मामलामुकदमा दायर कर ही दिया।

पर उस बात को अभी रहने ही दूं।

अभी तो अलकेश भैया की और दूसरी बातें कहूं।

अलकेश भैया सुबह कोर्ट चले जाते और एकदम शाम को ही लौटते। इसके बाद एटर्नी और मुवक्किल घर पर आने शुरू हो जाते। अलकेश भैया की प्रैक्टिस दिन पर दिन बढ़ने लगी थी। यहां तक कि खाने और सोने का वक्त भी नही मिलता उन्हें। रात को भी कागज-पत्र लिए बैठे रहते। यहां तक कि रविवार को भी मेम भाभी को अकेली छोड़कर कार्य वश कलकत्ते से बाहर चले जाते।

मैं पूछता, 'अलकेश भैया कहाँ गए हैं, भाभी?'

उस वक्त मेम भाभी सज-संवरकर माथे पर बिन्दी, पांवों में महावर लगाए दालान में बैठी रहती। कहती, अलक नगर से बाहर गया है।'

कभी-कभी देखता कि हमारे घर के सामने से मेम भाभी की कार सर

से निकल जाती। क्षण-भर के लिए अलकेश भैया की एक झलक दिखलाई पड़ती कि वे स्टीयरिंग पर हाथ रखे कार चला रहे हैं। 'मुंह में सिगरेट और बगल में छोटा-सा चूंघट काढ़े मेम भाभी बैठी होती। जाते शाम को और लौटते बहुत रात गए।

दूसरे दिन मैं पूछता, 'कल तुम लोग कितनी रात गए लौटे, मेम 'भाभी?'

मेम भाभी चकित होकर पूछती, 'हाय राम! तुमने देखा था क्या हमें? कहां था तू?'

मैं पूछता, 'तुम लोगों ने खाना-पीना कब किया?'

मेम भाभी कहती, 'होटल में खा लिया था।'

महीने में प्रायः पन्द्रह दिन मेम भाभी और अलकेश भैया होटल में ही खाना खाते थे।

मैं पूछता, 'क्या खाया है?'

मेम भाभी हंस देती। कहती, 'गाय नहीं खाई है, रे? तू डर मत। अब तो मैं सौ प्रतिशत हिन्दू हो गई हूं, रे! बिलकुल तुम लोगों की तरह। यह देख न, घर में खाना खाने के बाद जूठे बरतन मांज लेती हूं। कांटेचम्मच सब छोड़कर हाथ से ही भात खाती हूं और खाने के बाद साबून से जूठे हाथ धो लेती हूं।'

सचमुच, मेम भाभी जी-जान से हिन्दू बनने की कोशिश कर रही थी, ताकि किसी भी तरह वह आत्मीय स्वजनों की सहानुभूति प्राप्त कर सके। हरदम यही सोचती रहती कि क्या करे, जिससे वे मेम भाभी से मिलनाजलना शुरू कर दें। रात-दिन इसी चिन्ता में रहती, तब भी किसी का दिल न जीत पाती।

मैं कहता, 'तुम्हें क्या जरूरत है, मेम भाभी? अगर वे लोग न मिलना चाहें, तो अच्छा ही है। झंझट मिटा! तुम अकेली ही अलकेश भैया के साथ मौज से कार में घूमो। और फिर मैं तो आता ही हूं तुम्हारे पास।'

मेम भाभी हंस देती। कहती, 'अलक तो मर्द है न। किसी मर्द का चौबीस घण्टे पत्नी के ही पास बैठे रहना क्या अच्छा लगता है!'

मैं कहता, 'पर मेरा तो चौबीस घण्टे क्या, दिन के अड़तालीस घण्टे हों, तब भी तुमसे जुदा होने का मन नहीं करता।'

मेम भाभी मुस्करा देती। कहती, 'अभी ऐसा कहते हो, पर जब बड़े हो जाओगे तब तुम्हारी भी ऐसी इच्छा नहीं होगी।'

मैं कहता, 'क्यों नहीं होगी? जरूर होगी। मुझे तुम चिर-काल तक अच्छी लगोगी। मेरे लिए तुम कभी पुरानी नहीं होगी।'

मेम भाभी तब भी सिर्फ मुस्कराकर रह जाती। कहती, 'अच्छा, तेरी शादी होने दे। फिर देखूंगी कि पत्नी के पास चौबीस घंटे बैठे रहते हो क्या? फिर तुम्हें भी अच्छा नहीं लगेगा।'

फिर क्षण-भर चुप रहकर मेम भाभी कहती, 'जैसे कि शादी से पहले यह अलक भी मुझसे इसी तरह कहता था – नोरा, तुमसे एक पल भी जुदा होना मुझे बहुत नागवार गुजरता है। एक घण्टा भी तुम मेरी नजरों से ओझल रहती हो, तो मैं पागल हो जाता हूं।'

मैं पूछता, 'और तुम?'

'मैं?'

मेम भाभी न जाने क्यों अन्य मनस्क हो उठती। मेम भाभी की आंखों को ध्यान से देखता तो लगता, मानो वह यहां से कहीं बहुत दूर किसी अदश्य लोक में विचरण कर रही हो। मानो मेम भाभी की मन-धारा किसी अतल गहराई में डूबकर दब गई हो।

मैं पूछता, 'क्या सोच रही हो, मेम भाभी?'

मेम भाभी कहती, 'कुछ नहीं रे तू बात कर। हां, क्या कह रहा था तू?

पर मैं यही कहता, 'नहीं, पहले तुम बताओ तुम क्या सोच रही थीं?

क्योंकि मेम भाभी की भावना को न समझ पाकर भी, पता नहीं क्यों, मेरा मन एकदम से कैसा हो गया था। मानो मेम भाभी की भावना पर भी मेरा अस्वीकृत अधिकार हो। मेम भाभी की भावना, स्वप्न, चिन्ता, भविष्य आदि समस्त चीजों के साथ उन दिनों मैंने स्वयं को जोड़ लिया था। मैंने मेम भाभी को अपनी कल्पना, अपने स्थान और अपने मानस के . साथ आखिर कुछ दिनों तक तो अविच्छेद्य भाव से एकाकार कर ही

लिया था, क्योंकि मेरा स्वभाव ही ऐसा है। मैं जिसके पास रहा, उसे यही लगता कि मुझपर सिर्फ उसी का अधिकार है। नितान्त एकान्तक प्यार! ऐसा प्यार कि उसमें किसी का भी हिस्सा बंटाना मुझे सह्य नहीं होता था। इसलिए जब अलकेश भैया मेम भाभी का चुम्बन लेते, तो मुझे एक प्रकार की ईया-सी होती थी।

पर ये सब बातें तो अब, जब मैं बड़ा हो गया हूं तब, समझ में आई हैं।

इसीलिए उस दिन जब आबू पहाड़ के हवा-महल में बैठे-बैठे मैंने मेम भाभी से पूछा, 'तो वह सब क्या झूठ था, मेम भाभी? तुम्हारा वह मांग में सिन्दूर लगाना, पैरों में महावर रचाना, पांवों से हाथ लगाकर प्रणाम करना, तुम्हारा वह निरामिष भोजन करना; क्या सब दिखावा ही, था?'

सलमे-सितारों वाली चुनरी से अपना चेहरा ढंककर मेम भाभी रोने लगी। आंसुओं से उसकी चुनरी भीग गई। इस तरह से आज तक मैंने किसी मेम को रोते नहीं देखा। मेम भी रोती है तो इतनी करुण लगती है, यह बात मेम भाभी का रोना देखने से पहले मुझे मालूम नहीं थी।

मेम भाभी ने कहा, 'मैं झूठ नहीं कहती, मेरे नटखट देवर! यह सचमुच एक एक्सीडेण्ट ही हुआ है।'

मैं और भी हैरान हुआ, 'एक्सीडेण्ट?'

मुझे अच्छी तरह याद है कि एक दिन मेम भाभी ने मुझसे एक्सीडेण्ट का अर्थ पूछा था। इस शब्द का बंगला पर्यायवाची नहीं होता। उस दिन इसलिए मैं इस शब्द का अर्थ नहीं बता पाया था। और आज भी मानो यह बात सुनकर मैं सुन्न हो गया।

मेम भाभी ने कहा, 'क्या मेरी तरह कभी कोई मेम बंगालिन बन सकी है? क्या कोई भी मेम कभी हिन्दू घर की बहू बन सकी है?'

मैंने कहा, 'यह मैंने तो नहीं देखा है, मेम भाभी!'

'कभी नहीं, ऐसा हो ही नहीं सकता! मन में उबलती घृणा को दबाकर सास के गन्दे पेरों की धूल लेकर अपने साफ-सुथरे बालों में कोई मेम नहीं लगा सकती। पर क्यो नहीं लगा सकती' जानते हो?'

मेंने कहा, 'नहीं।'

मेम भाभी ने कहा, 'यह भी वही एक्सीडेण्ट ही है।'

मैंने पूछा, 'इसका, मतलब?'

मेम भाभी ने कहा, 'तो फिर सुन।'

और जरा-सा रुककर फिर बोली, 'मेरे पिताजी एक सुबह पश्चिम के एक बड़े रास्ते से आ रहे थे और मेरी मां ठीक उसी समय उत्तर दिशा की एक गली के मोड़ पर खड़ी हुई थी। दोनों की वहीं प्रथम भेंट हुई, और भेंट के परिणाम स्वरूप एक एक्सीडेण्टी हो गया।'

मेरी कुछ समझ में नहीं आया; अतः पूछ बैठा, 'वह कैसे?'

मेम भाभी ने चूनर का चूंघट सरकाकर कहा, 'अगर वह मुलाकात नहीं हुई होती, बो मेरा जन्म भी नहीं होता।'

मैने पूछा, 'उसके बाद?'

मेम भाभी ने कहा, 'बस, उसके बाद और कुछ नहीं। उसके बाद मैं बडी हई। मुहल्ले के लड़कों के साथ खेलती रहती। धीरे-धीरे उम्र बढ़ती गई। उस वक्त मैं अपने ही यौवन के भार से झुकी रहती थी। दुनिया में किसी की भी मैं परवाह नहीं करती थी। मेरे लिए सारी चीजें मात्र खेल थीं। जिन्दगी भी खिलवाड़, मौत भी खिलवाड़, यौवन भी खिलवाड़; प्रेम भी खिलवाड़। उस वक्त खिलवाड़ के अलावा मैं और कुछ सोच भी नहीं सकती थी।'

मैंने पछा, 'फिर?'

मेम भाभी कहने लगी, 'फिर एक दिन विन्सेंट स्क्वायर की सड़क पर मैं और मेरी सहेली डोरा, दोनों दुकानों के सामने से जा रही थीं। हम दोनों में बहुत अधिक प्रेम था। मेरा नाम नोरा था और उसका नाम डोरा। दोनों ही हमउम्र थीं। हमें देख-देखकर मुहल्ले के लड़के ताने कसते। वे व्यंग्य और ताने कितनी ही तरह के होते थे। लेकिन हमें देखकर अगर-लड़के ताने न कसते तो शायद हमें बुरा ही लगता। दरअसल, हमें लड़कों का वह अत्याचार अच्छा ही लगता था। उस वक्त मेरे लिए अपना यौवन संभालना एक मुशीबत ही थी। न रात को सोते समय चैन था, न दिन में जागते समय; न खाकर चैन था, न भूखे रहकर। किसी तरह भी चैन और

सुख नहीं मिलता था मुझे। रास्ते में उछलती-कूदती हुई चलती। कपड़ों की दुकानों में शो-केस में लगी सुन्दर-सुन्दर सिल्क की फ्रॉकों का बारीकी से मुआयना करती। उनकी कीमत लिखी रहती, वह भी पढ़ती। एक दिन अचानक मेरी सहेली डोरा ने एक खूबसूरत चेहरे वाले इटालियन युवक को दिखाकर कहा, उस व्यक्ति का अचानक एक चुम्बन लेकर क्या तुम उसे चौंका सकती हो?'

मेम भाभी रुक गई।

मैंने पूछा, 'उसके बाद?"

मेम भाभी ने कहा, 'तुमसे तो मैंने पहले ही बता दिया था न, मेरे नटखट देवर कि उस वक्त मेरे लिए सब कुछ खिलवाड़ था। जिन्दगी और मौत, यौवन और प्रेम सब कुछ। सब मेरे लड़कपन के खेल-मात्र थे। मैं मर्द को मन में मर्द नहीं समझती थी और औरत को औरत नहीं। हमारा देश तुम्हारे देश की तरह तो है नहीं। जवान हो जाने पर भी हम लड़केलड़कियां एक-दूसरे से मिलते-जुलते हैं तथा साथ खेलते हैं। एकसाथ डांस करते हैं। एकसाथ पढ़ते हैं। एक लड़की एकसाथ दस लड़कों से प्रेम कर सकती है और दूसरी ओर एक ही लड़के को दस लड़कियां भी एकसाथ प्यार कर सकती हैं।'

मैंने पूछा, 'फिर?'

मेम भाभी ने कहा, 'एक दूकान से एक ईटालियन युवक को निकलते देखकर डोरा ने मुझसे कहा-अगर तुम उस इटालियत युवक का चुम्बन लेकर भाग आओ, तो...।'

मैंने बीच में ही पूछा 'कितने की शर्त लगाई उसने?'

'डोरा ने कहा, एक शिलिंग की।'

मैंने पूछा, 'तो क्या तुमने शर्त पूरी की थी, मेम भाभी?'

'हां! ऐसी शर्ते तो हम प्रायः ही लगाया करती थीं। हमारा मुख्य खेल ही यही था।'

मैंने फिर पूछा, 'उसके बाद क्या हुआ?'

मेम भाभी ने फिर कहना शुरू किया, 'इटालियन युवक का बह खूबसूरत चेहरा और जॉन गिलबर्ट टाइप की मूंछे, सुनहरे धुंघराले बाल और साढ़े छ:

फुट लम्बाई। 'अब अगर, मैं उसका चुम्बन लेने जाऊं, तो उछल कर उसकी गर्दन से लटकना पड़ता मुझे। पर उससे क्या हुआ, शर्त तो आखिर शर्त ही थी। और उसी बाजी को जीतने की कोशिश में एक भयानक एक्सीडेण्ट हो गया।

मैं अवाक रह गया, 'क्या कहा, एक्सीडेण्ट?'

मेम भाभी ने कहा, 'हां, उस शर्त को जीतने में एक दुर्घटना घट गई, वरना न तो मुझे तुम्हारे इस इण्डिया में आना पड़ता और न ही आज राजपूतानी वेशभूषा में इस आबू पहाड़ पर तुम मुझे पाते।'

मैंने पूछा, पर उस शर्त का क्या हुआ? वह बाजी क्या तुमने जीत ली थी, मेम भाभी?'...

मेम भाभी की आंखों से फिर झर-झर आंसू बहने लगे। आंसुओं की चमक से उसके गाल में पहने हर हीरे के गहने झिलमिला उठे। जरी के काम की बनारसी चुनरी आंसुओं में भीग गई और आंखों से निकले आंसू टप-टप करके व्हिस्की के पेग पर गिरने लगे।

आंखें पोंछकर मेम भाभी ने कहा, 'तू सुनना ही चाहता है तो ले, सुन। जब कहने ही बैठी हूं तो आज सब कुछ कह ही डालूं।'

पर मेम भाभी की कहानी लिखने बैठा हूं तो लगता है कि सब कुछ गड़बड़ हो गया है। शुरू की पंक्ति पढ़ने लगा तो देखता हूं, गलती से अन्त की बात पहले कह डाली है। कहानी को शुरू से अन्त तक नियम के अनुसार सिलसिलेवार लिखूंगा, तभी तो आप कहानी ठीक से समझ पाएंगे।

अच्छा, तो अब शुरू से ही शुरू करता हूं।

अलकेश भैया कोर्ट जाते और अपने काम में डूब जाते। इधर घर में मेम भाभी भी हिन्दू घरों की बहुओं की तरह काम-काज में व्यस्त रहती।

इसी ढरे से सब कुछ चल रहा था कि एक दिन अचानक हमारे घर में हो-हल्ला मच गया।

रंगा चाची ने कहा, 'हाय! यह कैसे हो गया?'

बड़ी ताई ने कहा, 'पता नहीं, शायद शराब-वराब पी होगी।'

मां ने कहा, 'लेकिन अलकेश शराब पीता ही कहां है, बड़ी जीजी?'

बड़ी ताई ने कहा, 'पीता है, तुझे क्या मालूम? मेमसाब ही जब सिगरेट और शराब पीती है तो फिर उसकी भली कही तुमने! देवी पीती है और देवा नहीं पीता, यह भला मुमकिन है? छिप-छिपकर ये लोग क्याक्या खाते हैं, यह किसे मालूम है? बताओ भला, जो गाय तक खाते हैं, उनकी कैसी तो जाति और कैसा धर्म?'

दूसरे दिन मुझे खबर मिली कि अलकेश भैया की तबीयत ठीक नहीं है।

बीमारी कोई साधारण नहीं थी। डॉक्टरों से घर भर गया। रास्ते में मोटरों की कतार लग गई। पिताजी, रंगा चाची, बड़े ताऊजी सब उसे देखने गए थे। धीरे-धीरे मैं भी गया। पता नहीं क्यों, मुझे कुछ डर-सा लग रहा था। समूचे घर में एक निःशब्द आतंक अपने पैर जमा-जमाकर घूम. रहा था। लग रहा था, मानो लोग अच्छी तरह पैर रखने में डरते हों या अच्छी तरह बात करने में भी डरते हों।

सिर्फ दूर से ही मैंने देखा कि मेम भाभी अलकेश भैया के सिरहाने एक चेयर पर बैठी थी। उसकी नजरें किसी ओर भी नहीं पलटती थीं। सावित्री-सत्यवान की फोटो देखी थी मैंने, उस समय मेम भाभी भी बिलकुल सती सावित्री-सी लग रही थी—हैंडलूम की लाल किनारी वाली सफेद साड़ी पहने हुए और बालों को पीठ पर फैलाए हुए। मांग में सुर्ख लाल सिंदूर और माथे पर बड़ी-सी बिन्दी! क्या ही ज्योतिर्मयी प्रतिमासी लग रही थी वह! एक के बाद एक कितने ही दिनों से वह उपवास किए हुए अलकेश भैया के पास बैठी थी। पल-भर को भी उनका सामीप्य नहीं छोड़ती। उसको खाने के लिए कहने वाला भी घर में कोई नहीं था। सेवा-सुश्रूषा करने वाला भी कोई नहीं था। फिर भी उसके चेहरे पर उद्वेग की परछाईं तक नहीं थी। धीरज एवं स्थिरता की मूर्ति बनी हुई बैठी थी वह। डॉक्टर आते थे, चले जाते थे। मरीज का निरीक्षण होता था। दवाइयों की गंध, पेनिसिलिन, बरफ आदि कुछ भी बाकी नहीं रहा। पर मेम भाभी का किसी ओर भी ध्यान नहीं बंटता था। मानो मेम भाभी मन ही मन अलकेश भैया का ध्यान

लगाए बैठी हो। मुझे देखकर भी मानो उसने नहीं देखा।

मुझे याद है कि हमारे स्कूल के दरबान के घर के पास पीपल के पेड़ के नीचे शिवजी के चबूतरे पर सिर टेककर मैंने प्रणाम किया था और प्रार्थना की थी। मैंने भगवान से प्रार्थना की थी कि, 'हे प्रभु! मेरी मेम भाभी को हिन्दू मान लो, प्रभु! वह हमारे देश की लड़की नहीं है, इसलिए तुम्हें उसकी चिन्ता नहीं है, यह मैं मानता हूं; लेकिन फिर भी कृपा करके उसको शान्ति दो, प्रभु! अलकेश भैया को ठीक कर दो।'

उसके बाद कालीघाट के ट्राम-डिपो के सामने वाले गिर्जाघर के पास भी सड़क पर खड़े होकर प्रार्थना की थी मैंने। मुझे पता नहीं कि भीतर मूर्ति थी या नहीं, फिर भी उस अदृश्य देवता को सम्बोधित कर मैंने कहा था, 'मेम भाभी तुम्हारे ही देश की लड़की है, प्रभु! वह यहां आकर मुसीबत में फंस गई है। उसका पति बहुत बीमार होकर अचेत पड़ा है और अब गया तब गया की सी हालत हो रही है। उसको आप अवश्य ठीक कर दीजिए, जिससे मेरी मेम भाभी को राहत मिले, हे ईश्वर!'

और लौटते वक्त कालीघाट के मन्दिर में काली मैया से भी प्रार्थना की थी। एक मिट्टी के सकोरे में प्रसाद ले आया था, जिसको मेम भाभी ने बड़े ही भक्ति-भाव के साथ खाया था और खाकर हाथ धो लिए थे। पत्ते पर लगे कालीजी के सिन्दूर से माथे पर बिन्दी भी लगाई थी। ...

इतने कष्ट में भी मेम भाभी के धैर्य और सहनशीलता को देखकर मैं दंग रह गया। मेरी मां, रंगा चाची या बड़ी ताई किसी में भी मैंने ऐसी भक्ति नहीं देखी थी। अलकेश भैया के लिए क्या नहीं कर सकती थी मेम भाभी! मंत्रित जल पिलाने से अगर अलकेश भैया की बीमारी ठीक हो सके तो वह भी पिलाने को तैयार! काली मैया का प्रसाद खाने से अगर ठीक हो तो वह भी खा लेगी! दिन पर दिन मेम भाभी की सिर्फ सेवा और उत्कंठा ही बढ़ती जा रही थी, पर ऊपर से किसी को भी उसकी उत्कंठा का आभास नहीं मिलता था।

आखिर बड़ी ताई को मजबूर होकर यह कहना ही पड़ा, 'अलकेश तो मेम से शादी करके निहाल हो गया!'

रंगा चाची ने कहा, 'हां री, अलकेश के बिस्तर से लगी रहती है वह।

पल-भर के लिए भी नहीं उठती। भला कोई मेम भी इतना कर सकती है, बहन!'

पिताजी ने कहा, 'क्यों नहीं, जरूर कर सकती है। हमारे ऑफिस के डिकिन्सन साहब की पत्नी भी काली-पूजा का प्रसाद खाती थी।

मेम भाभी को लड़की के रूप में प्रह्लाद का अवतार कहकर कोई अतिशयोक्ति नहीं की गई थी।

मुझे ऐसा लगा कि इतने दिनों में आज पहली बार मेम भाभी का असली रूप देखा है मैंने। सिर्फ मेम नहीं, सिर्फ हिन्दू भी नहीं, सिर्फ मुसलमान भी नहीं। नारी और पुरुष के बाहरी रूप की ओट में छिपा असली व्यक्ति तो हरदम सामने आता नहीं। ड्राइंगरूम का व्यक्तित्व ही तो व्यक्ति का असली रूप नहीं होता। मुझे महसूस हुआ कि इतने दिनों तक मैंने मेम भाभी के जिस रूप को देखा था या उससे सम्बन्धित जैसी भावनाएं मन में रखी थीं, वही सब कुछ नहीं थीं; बल्कि अलकेश भैया की बीमारी के दौर में ही असली रूप पहचान पाया हूं। पर हाय री किस्मत! मनुष्य को पहचान पाना क्या इतना सहज है? मैले कपड़े और गोरे रंग से ही क्या व्यक्ति के बारे में सही राय बनाई जा सकती है?

दरअसल मेरे लिए उस वक्त तक और भी बहुत कुछ जानना बाकी था।

जिस दिन अलकेश भैया की मत्यु हई थी, उस दिन भी मैंने मेम भाभी का अपूर्व सौन्दर्य देखा था। जिस मेम भाभी की आंखों में इतने दिनों तक इतना पानी देखा था, उस दिन मानो शोकवश उसकी आँखों का वह पानी भी सूख गया था। किसी के शोक में मनुष्य इतना खूबसूरत लग सकता है, इतना पवित्र दिख सकता है, इतना स्निग्ध लग सकता है। यह उस दिन पहली बार जाना था मैंने। मैंने जाना कि दुनिया में किसी का शोक सुनने का किसी के पास समय नहीं है। यह दुनिया कहती है, जो गया उसको जाने दो; जो बचा है उसकी बात करो। जो गया, वह तो गया ही, पर तुम तो मौजूद हो; अतः मैं तुम्हें ही स्वीकार करता हूं। मेरा विवाद प्रणय, परिणय, प्रतियोगिता आदि

जो भी है, वह सिर्फ तुमसे ही है। मुझे याद है कि उस निर्जन घर में चुपचाप अकेला गया था कि मेम भाभी को धीरज बंधाऊंगा। पर मैं उसे क्या धीज बंधाता, बल्कि मेम भाभी को मुझे ही धीरज बंधाना पड़ा।

मेम भाभी ने कहा, 'छी:, छी:, यह क्या? चुप हो जाओ। ऐसे भी कहीं रोया जाता है!'

मेम भाभी के इस ढाढ़स बंधाने से मेरा रोना और भी बढ़ गया।

मेम भाभी ने मेरे बालों में हाथ फिराते हुए कहा, 'सभी क्या हमेशा जीवित रहते हैं, पगले? एक न एक दिन तो सभी को मरना होगा। तुम, मैं या कोई भी दुनिया में हमेशा के लिए जिन्दा नहीं रहेगा। सभी को जाना है। किसी को पहले और किसी को पीछे।'

मेम भाभी की बातें कौन नहीं जानता और भला किसने नहीं सुनी, फिर भी अद्भुत आश्चर्य-सा हुआ मुझे। मेम भाभी के मुंह से ये सब बातें सुनकर सचमुच बड़ा ही आश्चर्य हुआ।

मैंने कहा, 'इतने दिनों बाद मैंने आज समझा है तुम्हें! तुम बिलकुल पाखण्डी हो, मेम भाभी! तुम अलकेश भैया को बिलकूल प्यार नहीं करती थीं।'

इतने शोक में भी मेम भाभी हंसने लगी थी। बहुत ही मधुर लगी थी वह हंसी। बोली, 'प्यार और चाहत को तू भला क्या जानता है रे,! बित्ते भर के छोकरे हो तुम अभी!'

मैंने कहा, 'मैं सब जानता हूं। तुम मेमसाहिबाएं प्यार कर ही नहीं सकतीं।'

मेम भाभी वही मधुर हंसी हंसती रही। बोली, 'एकदम से समूची जाति पर ही लांछन लगा दिया रे,?'

मैंने कहा, 'तो फिर यह क्या बात हुई कि अलकेश भैया मर गए और तुम रोई भी नहीं?'

मेम भाभी ने कहा, 'शायद रोने से ही प्रेम का पता चलता है?'

मैंने कहा, 'जो प्यार करती है, वह भला रोए बिना रह सकती है?'

मेम भाभी पता नहीं क्या कहने जा रही थी, पर एकाएक खुद को संभाल लिया और बोली, 'खैर, जाने भी दो; मैं तुमसे इस विषय पर तर्क नहीं करूंगी।

तुम कुछ समझते तो हो नहीं।'

'यह कहकर तुमने तो किनारा कर लिया, पर लोग तो तुम्हारी निन्दा कर रहे हैं; उसका क्या करोगी?'

मेम भाभी ने कहा, 'मेरी निन्दा करते हैं तो तेरा क्या जाता है, जरा सुनूं तो?'

मैंने कहा, 'अरे वाह, तुम्हारी बुराई करने का क्या अधिकार है उनको?'

मेम भाभी ने कहा, 'करने दो, भली तो मैं पहले भी नहीं कही गई थी और अब भी नहीं कही जाती हूं। इसके अलावा...।' कहते-कहते पल-भर को वह चुप रहकर फिर बोली, 'इसके अलावा, जिसके कारण इतनी दूर आई, इतनी मुश्किल से अपने देश को भुलाया, साड़ी पहनना शुरू किया, बिन्दी, सिन्दूर, महावर आदि को कितनी तकलीफ सहकर स्वीकार किया था, जब वही नहीं रहा तो अब कौन क्या कहता है, यह सोचकर मैं अपना दिमाग क्यों खराब करूं?'

मैंने कहा, 'वे सब कहते हैं कि तुम वापस विलायत चली जाओगी?'

मेम भाभी उसी तरह मुस्कराकर बोली, 'सच?'

मैंने कहा, 'सच, सभी यही कहते हैं। तुम्हें क्या चिन्ता है, मेम भाभी? तुम लोग कितने पैसे वाले हो! अगर तुम अपने देश लौट गईं, तो तुम्हें कितना आनन्द मिलेगा! तुम अपने मां-बाप से फिर मिल सकोगी।'

मेम भाभी ने इस बात का कोई जवाब नहीं दिया। मेरी बात सुनकर न जाने वह क्या सोचने लगी। लगा, वह अधिक गम्भीर हो गई है।

कुछ देर चुप रहकर मैंने कहा, 'क्या सचमुच तुम चली जाओगी, मेम भाभी?'

अचानक मेम भाभी बोली, 'तू घर जा, पगले! इस वक्त मुझे एकदम अकेले रहने की इच्छा हो रही है। मैं हाथ जोड़कर तुझसे विनती करती हूँ, अभी तू घर चला जा।'

मैं अचंभित-सा रह गया। बोला, 'क्यों, मेम भाभी? मैंने क्या किया है।'

मेम भाभी ने कहा, यह सब बाद में बताऊंगी। अभी तू जा, भाई।'

कहकर उसने बाहर की ओर आहिस्ता से धकेल दिया और मेरे खड़े-खड़े ही दरवाजा बन्द कर लिया।

लेकिन दिन पर दिन मेम भाभी का रूप मेरे लिए अबूझ होता गया। अब मेम भाभी को पहचानना भी दूभर हो गया था।

अलकेश भैया के घर में मेम भाभी का जो रूप मैंने देखा था, चाहे वह अलकेश भैया के साथ कार में घूमने जाते समय का हो या किसी आत्मीयस्वजन से मेल-मुलाकात करते समय का हो, अब लगता है, इससे इसका मानो कोई सम्बन्ध ही न हो। हम सभी को यह उम्मीद थी कि अब मेम भाभी सीधी विलायत चली जाएगी; क्योंकि कितनी ही मेमसाहिबाएं पति के मरने के पहले ही सब छोड़-छाड़कर विलायत चली गई थीं। फिर इसका तो पति ही मर गया। इसलिए इसमें शक की गुंजाइश ही नहीं थी।

अलकेश के अलावा मझली ताई के और कोई नहीं था। पर अलकेश भैया के मरने के बाद एक चचेरा भाई पता नहीं कहां से आ टपका।

मेम भाभी तब तक पूर्ण रूप से हिन्दू विधवा बन चुकी थी। सिर के बाल उसने फिर से छोटे-छोटे छंटवा डाले। सिंदूर पोंछ डाला। कोरे सफेद वस्त्र पहनने शुरू कर दिए। एक टाइम उपवास शुरू कर दिया। निरामिष भोजन खाने लगी। प्याज, लहसुन की तो बात ही दूर रही, उसने मसूर की दाल भी खानी छोड़ दी। एकादशी, पूर्णिमा आदि सभी व्रत भी करने लगी थी वह।

रंगा चाची ने कहा, 'भई, मेम तो बहुत देखीं, पर ऐसी नहीं देखी।'

बडी ताई ने कहा, 'मैंने तो सुना है कि वह पत्थर की थाली में खाना खाती है।'

मां ने कहा, 'पहले तो सबने यह कहकर उसकी बुराई शुरू कर दी थी कि वह सिगरेट पीती है, अब कहो?'

पिताजी ने कहा, 'देख लेना, अब मेम बहू दीक्षा लेगी। प्रायः ऐसा ही होता है। हमारे डिकिन्सन साहब की बहू ने भी अन्त में मांस-मछली खाना छोड़ दिया था।

सचमुच मेम भाभी को अब पहचानना भी मुश्किल था। एक तो यों ही उसके बाल सुनहरे थे, अब विधवा होने के बाद वे और भी रूखे हो गए थे।

सुबह उठकर पूजा करने बैठ जाती। फिर अपने लिए चावल की. दो मुट्ठियों का भात स्वयं ही रांध लेती। बस, उसके बाद और उसे कोई काम नहीं रहता। अलकेश भैया का मकान सुनसान पड़ा रहता। कहीं किसी प्राणिमात्र की आवाज भी सुनाई नहीं पड़ती। कहीं कोई भी आहट नही। सिर्फ एक नौकर था, जो बाजार का सौदा-सुल्फ खरीद लाता या घर का कोई काम कर देता।

'उस दिन मेम भाभी के पास गया तो देखा कि वहां पूजा की तैयारी हो रही थी।

मुझे देखकर वह बोली, 'तू आ गया? अच्छा ही हुआ। आज पुरोहितजी भागवत की कथा पढ़ने आएंगे।'

मैंने पूछा, 'तुम इन सबमें विश्वास करती हो, मेम भाभी?'

मेम भाभी मुस्कराई। बोली, 'क्यों. इनमें विश्वास रखना भी क्या किसी एक का ही एकमात्र अधिकार है?'.

मैंने कहा, 'हां, यह भी ठीक है; अविश्वास से तो विश्वास का दिखावा करना ही बेहतर है।'

मेम भाभी ने कहा, 'अगर मेरा किया सब कुछ ढोंग और दिखावा ही लगता है, तो मैं क्या करूं? मेरी किस्मत ही ऐसी है।'

मैंने पूछा, 'तो क्या तुम्हारे इन सब ढकोसलों पर मैं विश्वास करूं? यही चाहती हो न तुम?'

मेम भाभी ने कहा, 'तुम्हें विश्वास करने को कहता ही कौन है? और किसी के विश्वास करने न करने से भला मेरा क्या बनता-बिगड़ता है, यह भी तो सुनें जरा?'

मैंने कहा, 'पर मेरे दिल पर चोट लगती है, मेम भाभी। शायद तुम्हें याद नहीं होगा, पर कभी मैंने ही कितने प्रयत्न से तुम्हारे पैरों में महावर रचाया है, माथे पर बिन्दी लगाई है। वह मैं कभी नहीं भूल सकता।'

मेम भाभी हौले से हंसी। बोली, 'अलक कहा करता था कि उससे शादी करके मैंने बहुत-सी मुसीबतें झेली हैं, जबकि तुम्हीं बताओ, भला किसी को मुसीबत में डाल सकना क्या किसी के हाथ की बात है? उस पर भी अगर कोई दुःख उठाए या आफत में फंस जाए, तो उसकी जिम्मेदारी किसी पर नहीं होती;

न अलक पर, न तुम पर, और न मुझ पर ही।'

कहते-कहते मेम भाभी फिर मुझे उतनी ही खूबसूरत लगी। लगा, जैसे बाहरी वैधव्य के अन्तराल में फिर से मानो मन का वही रंग प्रस्फुटित हो उठा हो।

मेम भाभी ने फिर कहना शुरू किया, 'मां कहा करती थी, तुम्हारा यह खिलवाड़ किसी दिन तुम्हारा काल साबित होगा। पर तब तो मुझे यही लगता था कि जिन्दगी में खेल के सिवाय और कुछ है ही नहीं। मैं सोचती थी, सब कुछ एक फूंक मारकर उड़ा सकती हूं। जीवन, जवानी, स्वास्थ्य, सम्मान सभी कुछ मेरे लिए खिलवाड़ की सामग्री-भर थे। सो सचमुच भई, आखिर यह खिलवाड़ मेरे लिए काल ही सिद्ध हो गया।'

मैंने पूछा, 'सो कैसे?'

मेम भाभी ने कहा, 'उस समय मैं किसी का भी कहना सुनती थी भला? जो मन में ठीक जंचता, वही करती। मुहल्ले के लोग हम दोनों की जवानी की आंच में झुलसकर बेचैन रहते। हम दोनों से मतलब है, में और डोरा। पर हम दोनों में भूल मैंने की।'

मैंने पूछा, 'कैसी भूल?'

मेम भाभी ने कहा, 'यह तो तुम्हें मालूम ही है कि एक भूल को छिपाने के लिए व्यक्ति दस भूलें और करता है। उन दस भूलों द्वारा अपनी एक भूल को ढकना चाहता है। एक छोटी-सी भूल के एवज में दस भूलों का का ब्याज देकर मूल को मुक्त करवाना पड़ता है। अतः मैंने भी यही किया।

मैंने पूछा, 'पर तुम्हारी भूल क्या थी?'

मेम भाभी मे कहा, 'दरअसल उसे भूल नहीं कह सकते।'

मैंने पूछा, 'भूल नहीं तो फिर और क्या कह सकते हैं?'

मेम भाभी ने कहा, 'एक्सीडेण्ट, यानी दुर्घटना।'

फिर कुछ देर चुप रहकर बोली, सारी बातें तुम्हारे सुनने की नहीं हैं, अगर सुन भी लोगे तो समझोगे नहीं। थोड़े और बड़े हो जाओ, तब बताऊंगी।'

मैंने कहा, 'उस समय तक क्या तुमसे मेरी मुलाकात फिर होगी? तब

तक क्या तुम यहीं रहोगी?'..

मेम भाभी ने कहा, 'मैं यहां नहीं रहूंगी तो जाऊंगी कहां?'

यह बात सुनकर मानो मैंने राहत की सांस ली। फिर भी इतनी देर से जो बात लाख कोशिशों के बावजूद मुंह से नहीं निकल रही थी, अब सहसा ही कह बैठा। मैंने मेम भाभी से पूछा, 'क्या उन लोगों ने तुम्हारे नाम मुकदमा दायर कर दिया है, मेम भाभी?'

इस बात को सुनकर भी मेम भाभी के चेहरे पर कोई भाव-परिवर्तन नहीं हुआ। जिस ढंग से वह पहले बैठी थी, अब भी उसी तरह बैठी रही। बोली, 'तो तुम्हारे कानों तक भी खबर पहुँच ही गई?'

मैंने कहा, 'अलकेश भैया तो रहे नहीं। उनके अलावा इस देश में तुम्हारा और था ही कौन? अब मामले-मुकदमे के लिए दौड़-धूप या देखभाल कौन करेगा?'

क्षण-भर मेम भाभी चुप बैठी रही। कोई जवाब नहीं दिया।

उसके बाद बोली, 'देख, अलक तो बहुत भला और सीधे-सरल स्वभाव का था। हम जिस देश की लड़कियां हैं, उस देश में बचपन से ही हमारा कई पुरुषों से साबका पड़ता रहता है। उनके होंठों एवं अंगुलियों की हरकत देखकर ही हम बता सकती हैं कि वे क्या चाहते हैं। इस देश की लड़कियों की तरह प्रायः हम मर्दो को समझने-पहचानने में गलती नहीं करतीं। मैं अनगिनत लोगो से घर में, घर के बाहर, डाँस में, समाज में, गिर्जाघर आदि में मिलती रही हूँ; इस आधार पर यह मानना पड़ेगा कि अलक बहुत अच्छा आदमी था।

मैं चुपचाप सुनता रहा।

मेम भाभी बोली, 'यहाँ के कितने ही छोकरे हमारे देश में जाकर अपनी स्थिति बढ़ा-चढ़ाकर दिखाते हैं। जिसकी आर्थिक अवस्था यहां बहुत ही संगीन है, वह भी वहां जाकर अपने को प्रिंस बनकर दिखाने की कोशिश करता है और रुपये-मोहरों का प्रलोभन दिखाता है; पर अलक ने यह सब कुछ नहीं किया।

मैंने पूछा, 'अलकेश भैया के साथ तुम्हारा परिचय किस तरह हुआ, मेम भाभी?'

मेम भाभी इस बात का कोई जवाब न देकर दूसरी ही बात कहने लगी, 'जितने दिनों तक मैं लड़कों के साथ प्रेम या यारी किए घूमतीफिरती रही, उतने दिनों तक मुझे यही लगता रहा कि यही सब कुछ है, यही ठीक है। जिन्दगी में यारी-दोस्ती के अलावा और कुछ भी नहीं है। मैं सोचती, पति रुपये कमाकर लाएगा और मुझे अच्छे ढंग से खिला-पहनाकर सुख से रखने की जिम्मेदारी मानो उस अकेले की ही हो और मेरा उसके प्रति कोई कर्तव्य ही न हो। जैसे मेरा काम सिर्फ खिलवाड़ करना ही हो।'

मेम भाभी चुप हो गई। थोड़ा समय यों ही मौन वातावरण में बीता फिर उसने कहना शुरू किया, 'मैं सोचती, जो मुझे चाहत-भरी नजरों से देखेगा, मैं उसी के लिए शृंगार करूंगी। जो मेरा गीत सुनकर प्रशंसा करेगा, उसके लिए गीत गाऊंगी। जो मेरे साथ डांस करेगा, उसके साथ डांस करूंगी। बस, इसके अलावा मानो मेरा कोई काम ही न था।'

थोड़ी देर चुप्पी साधकर मेम भाभी ने फिर कहना शुरू किया, 'पर मेरा यह भ्रम टूट गया; भई! जब अलक से शादी न करके यहां आई, तब मेरा यह भ्रम टूट गया। अलक से शादी न करके किसी और से शादी करती, तब भी मेरा वह भ्रम अवश्य टूटता। और यह जरूरी भी था कि मेरा वह भ्रम टूटे।'

मैंने पूछा, 'क्यों?'

मेम भाभी ने जवाब दिया, 'तुम्हारे देश के लड़के-लड़कियों की तो शादी हो जाती है, पर हम लोग खुद करते हैं।'

मेम भाभी ने कहना जारी रखा, 'भई, हमारे समाज की लड़कियों में संयम की आवश्यकता है। हम अपनी पसन्द में जरा भी चूके कि बस मारे गए। प्रेम में जरा-सी भूल हुई कि सब खत्म। हम लोगों में कानून माना जाता है और तुम लोगों में नियम। कानून बदला जा सकता है यानी पति को छोड़कर भी जाया जा सकता है; पर पूर्व दिशा में सूर्य उदय होने जैसे नियम को नहीं बदला जा सकता।"

मैंने कहा, 'वह तो ठीक है, पर तुमने अलकेश भैया से कानूनबद्ध होकर शादी की थी, इसलिए उसे छोडवर भी तो जा सकती थी तुम?'

मेम भाभी ने कहा, 'कहां जाती?'

मैंने कहा, 'तुम्हारे लिए जाने की जगह का भी अभाव है क्या? अलकेश भैया के सारे रुपये तो तुम्हें ही मिले हैं न? फिर तुम इतनी मुसीबतें क्यों झेल रही हो?'

मेम भाभी ने पूछा, 'सभी को बहुत आश्चर्य हो रहा है न?'

मैंने कहा, 'आश्चर्य होने की तो बात ही है। इस देश में जितनी भी मेमें ब्याह कर आईं, उनमें से पति के मरने के वाद इस देश में कोई नहीं टिकी।'

पता नहीं मेम भाभी क्या सोचने लगी। पल-भर बाद बोली, 'पर मेरे जैसी दुर्घटना भी तो किसी के जीवन में नहीं घटी।'

मैंने पूछा, 'एक्सीडेण्ट?'

'हां, एक्सीडेण्ट।'

जो लोग लड़कियों को रहस्यमयी समझते हैं, मैं उनमें से नहीं हूं। अगर लड़कियां रहस्यमयी हैं, तो पुरुष भी रहस्यमय होते हैं। मनुष्य मात्र ही रहस्यमय है। जितनी देर तक हम किसी दूसरे के मन की बात न जान, लें, उतनी देर तक वह हमारे लिए रहस्य ही बना रहता है।

पर मेम भाभी मुझे किसी दिन भी रहस्यमयी नहीं लगी। हम दोनों की उम्र में काफी अन्तर था। मैं मेम भाभी के बेटे की उम्र का था। यद्यपि मेम भाभी के कोई लड़का नहीं हुआ, पर उसे लड़का होता तो वह मेरा हम उम्र ही होता। मेम भाभी लगभग अलकेश भैया की हमउम्र थी। इसलिए मैंने सोचा, उक्त दुर्घटना शायद ऐसी कोई बात होगी जो मुझे बताने लायक नहीं हैं; या वह इतनी दुखपूर्ण होगी, जिसे सुनकर मैं रोना-धोना न शुरू कर दूं, इसलिए वह नहीं बताना चाहती।

बाद में ज्यों-ज्यों मेरी उम्र बढ़नी शुरू हुई, त्यों-त्यों हर चीज बहुत ही हृदयस्पर्शी ढंग से मुझं ज्ञात होने लगी। जैसे-जैसे मुझ पर से शासन का दबाव कम होता गया और आजादी की माला बढ़ती गई, वैसे-वैसे सभी परिचित और घनिष्ठ व्यक्ति मुझसे दूर खिसकते गए। पहले जो लड़कियां बिलकुल मुझे पास बुलाकर मेरे साथ बात करती थीं, वे मुझे देखते ही कुछ सतर्क हो जाती। मझले भैया ने दाढ़ी बनानी शुरू कर दी तथा धोती के नीचे अण्डरवीयर भी

पहनने लगे थे।

मौसेरी बहन ने मुझे बहुत दिनों बाद देखा था, अतः बोली, 'तेरी आवाज इतनी मोटी क्यों हो गई है, रे?'

मैं छिपा-छिपाकर कई तरह की किताबें पढ़ता, फलस्वरूप बहुत-सी बातों का पता चल गया था। कॉलेज के मित्र कोर्स की किताबों में दबाकर अन्य तरह की किताबें भी साथ लाया करते और जीवन की बहुत-सी कहानियां सुनाते। मैं सबसे छिपकर पिक्चर भी देख आता।

पिताजी पूछते, 'इतना दुबला क्यों हुआ जा रहा है, रे?'

मेरे पास जब करने को कोई काम न होता, तब मैं मेम भाभी के पास जाता। यद्यपि पहले का सा वह सानिध्य मुझे नहीं मिलता था, पर अपने मन की नई अभिज्ञता के साथ मेभ भाभी को मैं मिला-जुला लेता। मैं और भी पैनी नजरों से मेम भाभी को घूरता। जिन पांवों को बचपन में अपनी गोद में रखकर अपने हाथों से महावर लगाया था, उन्हीं पैरों को बड़ी ललचाई नजरों से देखा करता। अब मैं बड़ा हो गया तो मेरा वह अधिकार भी छिन गया। अब मुझे मेम भाभी के नजदीक बैठने को भी नहीं मिलता। अगर मैं कभी पास बैठने की कोशिश भी करता तो मेम भाभी दूर खिसक जाती थी। हम लोग पहले की तरह बातचीत अवश्य करते, पर पहले का सा वह अपनत्व नहीं मिलता था मुझे। सिर्फ मेम भाभी ही नहीं, बल्कि समूची पृथ्वी ही मानो मुझसे दूर खिसक गई और मैं अकेला रह गया था। अब पहले की तरह घड़ी-घड़ी मां व पिताजी के पास भी नहीं जाता था। इसके अलावा. मेम भाभी के पास भी हरदम नहीं जा पाता। अब तो भीतर से दरवाजा बन्द किए कमरे में अकेले पड़े रहना ही मुझे अधिक अच्छा लगता था।

इस बीच एक दिन मैंने सुना कि मेम भाभी मुकदमा हार गई।

यह खबर कानों में पड़ते ही मैं भागा-दौड़ा मेम भामी के यहां पहुंचा।

मेम भाभी कुछ काम कर रही थी। मैंने कहा, 'अब तुम कहां जाओगी मेम भाभी?'

मेम भाभी ने उसी मधुर मुस्कराहट के साथ मेरी ओर देखा और बोली, 'मेरे कारण शायद तुम्हें रात को नींद भी नहीं आती होगी?'

मैंने कहा, 'मजाक छोड़ो। मुझे सचमुच ही नींद नहीं आती मेम भाभी!'

मेम भाभी ने कहा, 'मेरे पास नींद की दवाई है।'

मैंने पूछा, 'क्या तुम्हें भी नींद नहीं आती, मेम भाभी!'

ओह, कितने अचरज की बात है! सचमुच मुझे सुनकर बहुत आश्चर्य हुआ कि मेम भाभी कोर्ट में जाकर बोल आई है कि वह मकान छोड़ देगी। वह सिर्फ दो-एक महीने का समय चाहती है। दो-एक महीने में कोई न कोई इन्तजाम कर ही लेगी। और अगर न भी कर सकी तो घर यकीनन खाली कर देगी।

मैंने कहा, 'तुमने अपील क्यों नही की, मेम भाभी! यह तुम्हारा ही तो मकान है। अलकेश भैया का चचेरा भाई कहां से बीच में आ टपका इस मकान पर अपना हक जमाने के लिए! तुमने हामी भरी ही क्यों मकान छोड़ने की!'

मेम भाभी फिर मुस्कराई। बोली, 'उन्होंने यह अच्छा ही किया है रे।'

मैंने कहा, 'अब शायद तुम विलायत चली जाओगी?'

मेम भाभी ने कहा, 'जिस देश से एक बार चेहरे पर कालिख पोतकर चली आई, वहां अब दुबारा लौटकर नहीं जाऊंगी।'

मैंने पूछा, 'क्या अलकेश भैया से शादी करने से सचमुच ही तुम्हारे चेहरे पर कालिख पुत गई?'

मेम भाभी ने कहा, 'क्या सिर्फ चेहरे पर ही? सच तो यह है कि अब बाकी ही क्या रह गया है? अब अगर अपना यह जला मुंह लेकर वहां जाऊंगी तो सब मेरे चेहरे पर थूकेंगे, क्योंकि उस वक्त सभी ने मुझे मना किया था।'

मैंने कहा, 'तब फिर क्यों तुमने अलकेश भैया से शादी की? इसके अलावा इस भारत के और भी तो बहुत-से लोगों ने मेमों से शादी की है, पर उनमें से तो किसी मेम को अपने पर इस कदर शर्म नहीं आई; उनके तो चेहरों पर कालिख नहीं पूती। वे तो जरा-सी अनबन होते ही अपने बच्चों को लेकर

वापस अपने देश लौट जाती हैं।'

मेम भाभी ने इसका कोई जवाब नहीं दिया।

मैंने कहा, 'तुम्हारे पास इतना रुपया है। तुम्हारा खुद का मकान है। तुम्हें क्या चिन्ता है, मेम भाभी? तुम' यहां रहकर क्यों यह कोरा थान पहनकर विधवा का जीवन व्यतीत कर रही हो? तुम्हें किसकी गरज पड़ी है।'

पल-भर चुप रहकर मैंने फिर कहा, 'इसके अलावा अलकेश भैया भी तो बहुत रुपया कमाते थे, हजारों रुपये की मासिक आमदनी थी उनकी अतः इतने दिनों में तो तुमने काफी रुपये इकट्ठे कर लिए होंगे, उन्हीं रुपयों से यह मकान क्यों नहीं खरीद लेतीं। जबकि बे लोग तुम्हारे हाथों इसे बेचने को तैयार भी हैं।

मेम भाभी उसी तरह मुस्कराती रही। बोली, 'अरे नहीं भाई, मेरे पास अब कुछ भी नहीं है। कल के लिए खाने तक को पैसे नहीं हैं।'

मेम भाभी ने आगे कहना शुरू किया, 'रुपये नही हैं, इसलिए तो एटर्नी वकील को ज्यादा रुपये नहीं दे पाई। विदेशी लड़की हूं, इसलिए यहां किसी ने मेरी सहायता भी नहीं की। कितने ही दिनों तक कोर्ट की दौड़-धूप कर चुकी, पर कोई फायदा नहीं निकला।'

सुनकर मैं स्तम्भित हो गया, क्योंकि मैंने सुन रखा था कि अलकेश भैया की एक महीने की आमदनी पांच हजार रुपये थी। इतने सालों में तो कितने ही रुपये इकट्ठे हो जाने चाहिए थे! सब कहां गए? किस तरह उड़ गए? मेम भाभी तो इतनी खर्चीली भी नहीं है। अब मेरी समझ में आया कि क्यों मेम भाभी ने कार बेच दी। क्यों नौकरों की छुट्टी कर दी। क्यों एक टाइम खाना खाती है। इन सभी बातों की ओर मेरा ध्यान गया और सहसा मेम भाभी की दरिद्रता मेरी नजरों के सामने प्रखर होकर मेरे दिल को कचोटने लगी। जिसको मैं इतने दिनों से मेम भाभी का शोकप्रतीक समझता था, जिस बात को श्रद्धा से देखता था; आज उस सबको दरिद्रता महसूस कर मन करुणा से भर उठा। मुझे लगा कि मैंने आज मेम भाभी का आत्मीय बनकर सचमुच ही फिर से उनका सान्निध्य पा लिया है। जिस निःसंगता को मन ही मन इतने दिनों से मैंने पाल रखा था, वह आज

बिलकुल खत्म हो गई। मेम भाभी मानो चन्द लमहों में ही मुझे अपनी अत्यन्त आत्मीय महसूस हुई।

मैंने कहा, 'तुम चिन्ता मत करो, मेम भाभी! एक चीज तुम्हें मुझसे लेनी ही पड़ेगी।' कहकर पॉकेट में पड़े दो रुपये निकालकर मैंने मेम भाभी के हाथ में ठूंस देने चाहे। साथ ही साथ मैंने कहा, 'मेरे पास और कुछ तो है नहीं...'

लेकिन कुछ और कह पाता, इससे पहले ही मेम भाभी खिलखिलाकर हंस पड़ी। उस हंसी से मेम भाभी का सर्वांग नाच उठा। बोली, 'पगला कहीं का! मैंने तुझसे सब कुछ झूठ कहा और तूने इतनी जल्दी विश्वास भी कर लिया! चल हट, मेरे पिताजी के पास बहुत रुपये हैं।'

मैं चकित-सा रह गया। मेम भाभी की यह कैसी रसिकता है, यही सोचकर मैं यूंगा-सा मेम भाभी के चेहरे को एकटक देखता रहा।

मेम भाभी उसी तरह हंसते-हंसते बोली, 'मैं अपने माता-पिता की इकलौती दुलारी लड़की हूं। आज अगर मैं एक खत लिख दूं, तो उसी क्षण यहां के बैंकों में मेरे नाम हजारो रुपये आ सकते हैं, मालूम है तुझे?

मैंने कहा, 'तो फिर तुम पत्र लिख दो न, मेम भाभी! रुपये देकर यह मकान खरीद लो न!'

मेम भाभी ने कहा, 'अरे, बस रहने भी दे। ऐसा करने से अलक की स्मृति का अपमान होगा। अलक स्वर्ग गया और वहां बैठा सब देख रहा है।'

उक्त घटना के बाद मेम भाभी ने दो महीने उसी मकान में व्यतीत किए, पर कभी भी उसके मुखड़े की मुस्कराहट लुप्त नहीं होती थी। उसी वक्त युद्ध का समय था। कलकत्ता महानगर में चावल, कपड़े, किरासिन तेल सभी चीजें दुर्लभ थीं। साधारण लोगों की तो बात ही छोड़िए, बड़े-बड़े पैसे वाले भी इसकी चपेट में आए बिना नहीं रहे। मैं कभी-कभार मेम भाभी के घर भी गया था, पर देखा कि ताला बन्द है। वह कब कहां निकल पड़ती, कोई नहीं जानता। थककर अपने-आप वापस लौट आता और

सोचता, मेम भाभी किसी के पास किस तरह आश्रय लेगी? सिर्फ दो महीने तो हाथ में बचे हैं। एक-एक करके कितने दिन तो निकल भी गए!

सुबह गया तो मेम भाभी नहीं थी; दोपहर गया तो देखा, नहीं है। शाम को गया तो भी नहीं थी और रात को गया तब भी नहीं थी। तो फिर मेम भाभी आखिर जाती कहां है? कौन राशन खरीदकर लाता है, कौन तेल वगैरह लाता है और कौन खाना बनाता है? काफी सोचने के बाद भी कुछ परिणाम नहीं निकाल पाया।

रंगा चाची कहती, 'अब देखूंगी, सतवंती का सतीपना कहां रहता है।'

बड़ी ताई कहती, 'अब देख लेना, भीतर ही भीतर इन्तजाम करके विलायत चली जाएगी!'

मां कहती 'ओह सचमुच बेचारी मेमसाब को बहुत तकलीफ है!'

एक दिन जब किसी तरह भी मन को वश में नहीं रख सका तो मैं रात-भर जागता रहा। घर में सब सो गए थे और मैं खिड़की की राह से सड़क की ओर देखता रहा। अगर मेम भाभी घर लौटेगी तो हमारे घर के सामने से ही गुजरेगी। धीरे-धीरे रात और गहरी हुई। दस बज गए, ग्यारह बज गए, घर के सभी प्राणी सो गए। एक-एक कर दूर और आसपास के घरों की सारी बत्तियां गुल हो गईं। रास्ते में लोगों का आवागमन कम हो गया। रास्ता सुनसान हो गया। सड़क का यह स्वरूप मैंने आज तक नहीं देखा था। पल-भर बाद ही मुझे ऐसा लगा मानो एक विधवा रास्ते से गुजर रही है। चेहरे पर चूंघट डाल रखा था। पास आने पर देखा, मैले कपड़े पहने और हाथ में गमछे से ढका खाने का बरतन लिए वह कोई नौकरानी थी, जो अपना काम-काज खत्म करके अपने घर जा रही थी। उसके बाद एक पर्दा लगा रिक्शा टुनटुनाते हुए गुजरने लगा। शायद मेम भाभी के घर के सामने वह रुकेगा।

उत्सुकता से मैंने सोचा, देखें, कौन उतरता है। पर नहीं, वह रिक्शा तो मेम भाभी का घर छोड़कर गली में मुड़कर आगे निकल गया।

उसके बाद बहुत रात बीती। धीरे-धीरे रात के बारह बज गए।

गली के उस पार सड़क के कुत्ते बीच-बीच में भौंक-भौंककर रात के शांत वातावरण को चीरकर टुकड़े-टुकड़े किए देते थे। आंखें नींद से भारी हो गईं और आंखों में पानी-सा भर आया, जिससे प्रायः सब कुछ धुंधला हो आया।

मुझे चिन्ता हुई कि इतने बड़े शहर में मेम भाभी को रहने का ठौरठिकाना कहां मिलेगा? उसका यहां कोई है भी नहीं। इस शहर में जब सभी निश्चिन्त होकर आराम से बिछौने पर शरीर को ढीला छोड़कर सोए हैं, उस वक्त शायद मेम भाभी जिन्दा रहने की अप्राण चेष्टा में क्षतविक्षत हो छटपटाती हुई कहीं भटक रही होगी। मेभ भाभी के लिए कहीं भी कोई आश्वासन या आश्रय नहीं है। एक विदेशी लड़की के लिए यहां सभी के दरवाजे बन्द हो चुके हैं। अलकेश भैया की मौत के साथसाथ मेम भाभी भी मानो खत्म हो गई।

पिताजी, चाचाजी भी चकित-से हो गए थे।

पिताजी बोले, 'हमारे डिकिन्सन साहब की वाइफ ने भी आखिर पार्क स्ट्रीट में बाल बनाने की दुकान खोल ली थी; क्योंकि डिकिन्सन साहब के बहुत रुपये मिले थे उसे।'

चाचाजी ने कहा, 'अलकेश ने लाइफ इन्श्योरेन्स भी नहीं करवाया था क्या?'

बड़े ताऊजी ने कहा, 'उन्होंने क्या सभी कुछ इकट्ठा किया भी था? मेम पत्नी को पालना क्या इतना सहज है? इससे तो हाथी पालना अधिक सरल है।

मैं सबकी बातें और आलोचनाएं सुनता और मन ही मन बहुत-सी बातें सोचता रहता।

युद्ध के धक्के से उन दिनों समूचे शहर का ढांचा ही बदल गया था। रात के समय ब्लैक-आउट रहता। दिन के समय सबके ऊपर दहशत-सी सवार रहती। शहर छोड़ने की तैयारियां ही रही थीं। मिलिट्री की झुण्ड की झुण्ड गाड़ियां सड़क को दह लाकर सर्राटे से निकल जाती। रास्ते में जगह-जगह मिलिट्री के सैनिक घूमते फिरते थे। उनकी पोशाकें भी कई तरह की होती थीं। और उनके चेहरे कितने विचित्र थे! पहले के कलकत्ते को उस

समय पहचानना मुश्किल था। किसी भी रेस्तरां में जाओ, सबमे सारी टेबल-कुर्सियों पर वही दखल किए बैठे मिलते। गाने गाते हुए तथा सीटी बजाते हुए वे हुड़दंग मचाते घूमते रहते। लड़कियों की इज्जत लूटते और भिखारिनों की झोली में रुपये डाल जाते। दूकानों के शीशे तोड़कर, शराब पीकर, वे पागलपन करते और नशे में धुत् हो रिक्शेवाले को रिक्शे में बैठाकर खुद रिक्शा चलाने लगते।

सारे कलकत्ते में बिलकुल अराजकता का साम्राज्य था।

इस हालत में मेम भाभी कहां मिलती मुझे? पता नहीं, मेम भाभी कहां दब-चिथकर खत्म हो गई होगी, यह किसे खबर है? इतना वक्त ही भला किसके पास है और एक विदेशी लड़की के लिए इतना सिरदर्द होगा भी किसे? किसी दिन जिसके पांव में महावर लगाया था, किसी दिन जिसके पास जाकर अपने मन की निस्संगता दूर की थीं और जिसके सामीप्य के लिए सुबह से लेकर शाम तक क्षण गिनता रहता था, उस मेम भाभी को मेरी तरह किसने इतना चाहा था? किसने उसे इस तरह अपना बना लिया था? एक पोस्टकार्ड लिखते ही विलायत के विन्सेंट स्क्वायर से जिसके नाम हजारों रुपये यहां आ सकते हैं, उसीको यहां शायद पैसों के अभाव में उपवास करना पड़ता होगा। या हो सकता है, कहीं आत्महत्या करके उसने मुक्ति पा ली हो। यह विचार मन में आते ही न जाने क्यों कंपकंपी-सी छूटती। शायद अलकेश भैया के लिए ही मेम भाभी ऐसी शोकाकुलः तपस्या कर रही है। अलकेश भैया की स्मृति के भार से वह लाचार है, इसीलिए ऐसी कठिन तपस्या कर रही है। यह सफेद परिधान और विधवा का वेश तथा विलासविहीन जीवन-यात्रा की यह कष्टदायक तपस्या, ओह!

पर अंग्रेज बहू के इस वैधव्य की कहानी क्या किसीने भी कभी सुनी है? इससे पहले मैंने भी नहीं सुनी थी। मैंने कभी नहीं सुना था कि किसी मेम बहू ने अपना देश छोड़कर और इस देश में रहकर अपने पति के लिए जीवन न्यौछावर किया हो; पति और ससुर की जमीन-जायदाद के लिए इतनी अधिक दौड़-धूप की हो।

यह बात किसी के यकीन करने लायक थी भी नहीं। अच्छी तरह

जानता हूं कि इस बात पर किसी को विश्वास होगा भी नहीं, लेकिन लोगों के विश्वास-अविश्वास के चक्कर में पड़ने से कहानी लिखना संभव नहीं होता।

पर इसके बाद जो बात मेरी आंखों के आगे आई, वह तो और भी अविश्वसनीय और करुण थी।

पर यह तब की बात है, जब युद्ध जोरों पर था। दिन में जिस आतंक से लोगों के दिलों पर दहशत-सी छाई रहती, वही आतंक और दहशत शाम होते-होते और भी भयानक हो जाती। जिगरी दोस्त पर यकीन करने में डर लगता था। आसपास के लोगों पर दुश्मनों का जासूस समझकर शक होता। यहां तक कि मां अपनी बेटी पर अविश्वास करने लगी थी। अनाज के लिए चारों तरफ हाहाकार मचा हुआ था। एक-एक दाने अनाज के लिए दोस्त-दोस्त में, आत्मीय-आत्मीय में गहरी दुश्मनी ठन गई थी इस कलकत्ते शहर में।

ये सब अधिक दिनों की बातें नहीं हैं। सब हमारी-आपकी आंखों देखी घटना है।

उन दिनों मेम भाभी के घर के सामने से अकेले आते-जाते मन में एक टीस-सी उठती। घर रात-दिन वीरान पड़ा रहता। खिड़की-दरवाजे सब बन्द। घर के सामने लगा लेटर-बॉक्स खाली पड़ा रहता, मानो वहां जीवन का कोई नामो-निशान ही न हो। अलकेश भैया जिन्दा थे, तब मकान में रंग करवाया गया था। सामने लोहे का गेट लगवाया गया था। वर्दी पहने चपरासी, खानसामा, दरबान, नौकर-चाकर सब थे। शाम के वक्त रोशनी से मकान जगमगाता रहता। गेट पर पर्दे लगे रहते, रेडियो बजता रहता, मोटर एवं मुवक्किलों का मजमा लगा रहता। अलकेश भैया की मौत के कुछ दिनों बाद तक बाहर की शान-शौकत कायम रही। मेम भाभी ने नौकर-चाकर किसी को भी नहीं छोड़ा था। पर अचानक ही मेमं भाभी के वैधव्य की तरह एक दिन सब कुछ मरणासन्न हो चला। सबसे पहले एक दिन कार बिकी। उसके बाद धीरे-धीरे नौकर-चाकर सब बरखास्त होते गए। बाहर की दीवारें सीवाल से मैली हो गयी, भीतर की दीवारें भी बिलकुल सफेद हो गयीं। ठीक मेम भाभी के उदास सफेद कपड़ों की तरह।

कभी-कभी दोपहर के वक्त उधर जाता, तो देखता कि मेम भाभी पूजा कर रही है। फिर पूजा खत्म कर मुझे देखकर मुस्कराती। बोलती, 'बैठ नटखट, मैं गंगाजल से हाथ धोकर आती हूं।'

वह सफेद पत्थर की थाली में खाना लेकर आती तो मैं दूर खिसककर बैठ जाता।

मेम भाभी पूछती, 'तुम्हारा खाना-पीना हो गया?'

मैं पूछता, 'तुमने खाना खाने में इतनी देर क्यों कर दी?'

उसी दौरान अदालत में मुकदमा शुरू हो गया। तब रिक्शे में बैठकर मेम भाभी वकील के यहां जाने लगी।

मैं कहता, 'जब भी तुम्हें किसी प्रकार की सहायता की आवश्यकता हो, मुझसे कह देना, मेम भाभी!'

मेम भाभी तपती धूप में झुलसकर काफी देर से घर लौटती और शाम को फिर निकल जाती। पहले जब अलकेश भैया के साथ कार में बैठकर वह न्यू मार्केट घूमने जाती या मैदान में हवा खाने जाती, तब का रूप भी मुहल्ले के लोगों ने देखा था; और अब जब वह बिलकुल निस्संग हालत में मामले-मुकदमे में जकड़ कर पर्दे से ढंके रिक्शे में बैठती, वह रूप भी देखा। सब कुछ देख-सुनकर मेरी तरह वे भी दंग रह गए थे। अचरज, उत्सुकता एवं विचिलता से मानो वे विमुढ-से हो गए थे। जिस-जिसने अलकेश भैया की मेम पत्नी को देखकर कट व्यंग्य-बाण छोड़े थे, अब वे सभी अपनी आंखों से यह सब देखकर मेम भाभी के व्यक्तित्व से दिग्भ्रमित एवं विमूढ़ हो गए थे। मेम भाभी के साथ मुहल्ले के लोगों की बोलचाल नहीं थी, तो वैसी कोई असद्भावना भी नहीं थी। जैसे कोई भी यह पूछने नहीं आता था कि मेम भाभी के पास खाने को है या नहीं, उसी तरह मेम भाभी भी खुद जाकर अपनी दुर्दशा से किसी को परिचित नहीं करवाती थी।

सिर्फ उस दिन पहली बार वह मेरे सामने बोली थी, 'कल क्या खाऊंगी, खाना भी नसीब होगा या नहीं; कौन जाने!' यह भी उसने मुझसे किसी प्रकार की सहायता की उम्मीद से नहीं कहा था।

मेरे देखते ही देखते मेम भाभी का नरम-नाजुक चेहरा इन कुछ दिनों में

ही कैसा कठोर और कर्कश होता जा रहा था! मैं देख रहा था कि सिर्फ चेहरा ही नहीं, बल्कि धीरे-धीरे उसकी पोशाक-पहनावे में भी दरिद्रता की छाप पड़ने लगी थी। बल्कि आंखों पर, चेहरे पर, यहां तक कि शरीर की प्रत्येक रेखा पर छाप पड़ चुकी थी। विधवा होते ही शरीर के समूचे गहने खोलकर उसने बक्स में रख दिए थे। धीरे-धीरे वे गहने बक्से से भी हमेशा के लिए गायब होते जा रहे हैं, यह मुझे पता नहीं चला।

एक दिन अपनी घड़ी उसने मुझे ही दी थी, 'यह तू ले ले।'

पर मैंने ली नहीं। मुझे याद है, उसे बेचकर मैंने तीन सौ रुपये ले जाकर मेम भाभी के हाथ में रख दिए थे। मेम भाभी नाराज नहीं हुई, सिर्फ एक म्लान-सी हंसी उसके होठों तक आई थी। मुझे सब कुछ मालूम है, मुझसे उसकी हालत छिपी नहीं, यह सोचकर शायद उसके चेहरे पर उस दिन फीकी मुस्कराहट तैर गई थी।

पर इतना सब होने के बावजूद मन की कोई ऐसी गुप्त बात थी, जो मेम भाभी ने मुझे भी कभी नहीं बताई। और यहीं पर मैं मान कर बैठता।

काफी दिनों तक केस चलता, रहा। महीने पर महीने बीतते रहे; शायद इसी तरह कई सालों तक यह कैसे चलता, पर एक दिन अचानक मेम भाभी के वकील ने अदालत में जाकर कहा, 'मेरी मुवक्किल श्रीमती नोरा मित्र इस केस को चलाने में असमर्थ होने के कारण मकान स्वयं ही छोड़ने को तैयार हैं। वह अपने प्रतियोगी से आगे मुकदमा लड़ने को राजी नहीं हैं।

हमें दृढ़ निश्चय हो गया कि अन्ततः मेम भाभी जरूर विलायत चली जाएगी; लेकिन वास्तविकता क्या है, इसका मुझे पता नहीं था। मुझे यह भी नहीं मालूम था कि आबू रोड जाने पर मेम भाभी से दुबारा भेंट होगी। उस समय तक मैं यह भी नहीं जानता था कि फतेहगढ़ के बड़े महाराजा के साथ मेम भाभी का क्या सम्बन्ध है?

सिर्फ यही नहीं, मेम भाभी के कोई भाई-बहन भी है, यह भी नहीं मालूम था। मुझे नहीं मालूम था कि मेम भाभी के मझले भाई का नाम बिली है। अभी तक बिली के साथ मेरी भेंट नहीं हो पाई थी। युद्ध के समय अगर

सेना में भर्ती होकर वह कलकत्ते न आया होता, तो उसके बारे में यह सब मुझे मालूम ही नहीं चलता।

मेम भाभी लापता थी। चौरंगी पर चलते-चलते बहुत-से विचित्र विदेशी चेहरे और अनौखी पोशाकें देख-देखकर मैंने उनमें अपनी मेम भाभी को ढूंढने की कोशिश की थी। जब बहुत ढूंढने पर भी उसका कोई अतापता नहीं मिला, तो मैंने आखिर यही सोचा कि किसी प्लेन या जहाज पर 'आश्रय पाकर बह स्वदेश लौट गई होगी। मैं सोचता, एक विदेशी बंगाली से शादी करके उसने जो बड़ी भूल की थी, उसीका प्रायश्चित करने वह अपने पैसे वाले मां-बाप के पास लौट गई होगी और वहां बरफ से ढंकी अपने देश की मिट्टी में पांव रखते ही उसकी सारी जलन और पीड़ा शान्त हो गई होगी।

...और तभी अचानक एक अनौखे परिवेश और पोशाक में मेम भाभी के साथ मेरी मुलाकात हो गई। सच कहूं तो यह मुलाकात मेरी कल्पना के बिलकुल परे की चीज थी।

यह तब की बात है, जब अपने कॉलेज के एक मिशनरी प्रोफेपर से पत्र लेकर मुझे स्ट्रेण्ड होटल में एक व्यक्ति से नौकरी के सिलसिले में मिलना पड़ा। पहले कभी भी मुझे इस होटल में जाने का मौका नहीं मिला था। सिर्फ बाहर से ही होटल को ताक-झांककर देख लेता था। इधर-उधर गोरी चमड़ी वाले लड़के-लड़कियां आते-जाते दिखाई देते थे। होटल के आगे से गुजरते वक्त पता नहीं, कैसी एक मीठी खुशबू रंध्रों में भर जाती! पता नहीं, कैसा एक रोमांच-सा हो आतां! ब्रिटिश शासन के समय उस होटल में हम लोगों का प्रवेश प्राय: निषिद्ध ही था। खासकर देशी धोतीकुर्ता तो पहनकर एकदम ही नहीं। उस समय गोरी चमड़ी का शासन था और उस पर युद्ध का सुअवसर! होटल के मालिक होटल में पूरा खाना देने का इन्तजाम कर पाने में असमर्थ थे और न ही इस ओर वे ध्यान देते थे; क्योंकि दिन में अगर वे पचास हजार रुपयों की शराब खरीदकर रख लेते तो रातोंरात उसमें तीन लाख रुपयों का फायदा उठा लेते थे। सोना, रुपया, शराब, लड़कियां, सम्मान, मर्यादा और मौत सभी में उस समय एक प्रतियोगिता-सी चल रही थी। पता नहीं, कहां-कहां से दूर-दूर के अनजाने

देशों के लोग जल-पथ और वायु-पथ से हजारों की संख्या में इस देश से उस देश आ-जा रहे थे। यहां आकर दो मिनट के लिए होटल में आते, पर होटल में जगह मिलनी मुश्किल होती। कलकत्ता के सभी मैदानों में सैनिकों के तम्बू बंध गए थे। वे झुण्ड बनाकर आते और पल-भर में छूमन्तर हो जाते। धूल और आंधी की तरह मनुष्य का जीवन भी एक पल में उड़ जाता। एक फूंक में रातोंरात मानव का समूचे का समूचा यौवन खत्म हो जाता। मानव-मर्यादा निष्ठुर पांवों के तले पिसकर धूल में मिल जाती। पर अचरज की बात तो यह थी कि होटल के एकान्त कोनों में न कहीं रुपयों का अभाव था और न शराब की कमी।

ऐसे वक्त में पढ़ाई खत्म करने के बाद नौकरी के सिलसिले में मेरा भी उस होटल में जाना अनिवार्य हो गया। यद्यपि नौकरियों का कहीं अभाव नहीं था, लेकिन अपनी पसन्द की नौकरी मिलनी मुश्किल थी।

होटल पहुंचा तो मेरे अचरज का ठिकाना न रहा। वहीं शराब के एक काउंटर पर मेम भाभी से मेरी भेंट हो गई।

चौरंगी की सड़क से होटल के गेट में घुसते समय मैं बहुत ही डरडरकर कदम बढ़ा रहा था। चारों ओर संगमरमर की सजावट थी। अनगिनत लोगों का आना-जाना चालू था। कार्पेट बिछे फर्श पर हौले-हौले कदम रखता हुआ मैं आगे बढ़ा जा रहा था। जरा-सी दूर चलते ही मैं एक नये वातावरण में पहुंच गया। एक तरफ सीढ़ी थी और दूसरी तरफ कई कमरे थे, जिनमें कोच-सोफा वगैरह सजे हुए थे। चारों ओर गलियों की शक्ल की राहें बनी हुई थीं। किस रास्ते से जाने पर मैं कहां पहुंचूंगा, कुछ पता नहीं था। पृथ्वी पर मनुष्यों में जो आपसी कालरूपी युद्ध छिड़ा हुआ था, उसकी इस वातावरण में बात तक याद रहनी असंभव थी। गलियारे के दोनों बगल में लाल रेक्सिन लगी नीची-नीची चेयरें पड़ी थीं। स्त्रियों और मर्दों का झुण्ड का झुण्ड जाम पी रहा था। बीच-बीच में खानसामे इधर-उधर दौड़ रहे थे। बोतल से सजी ट्रे! पीठ-खुली मेम साहिबाएं! डिनर सूट में सजे तथा हाथ में सिगरेट लिए गोरे साहब! इसके अलावा नाक में टकराती हुई एक रहस्यमय मीठी-मधुर खुशबू का असर!

मेरा पहला और बिलकुल नया-नया आना हुआ था यहां। चारों ओर एकटक देखते रहने पर भी जैसे मेरा मन नहीं भर रहा था। एकसाथ इतनी सारी सुन्दरियों का एक जगह समावेश अपनी जिन्दगी में मैंने इससे पहले कभी देखा हो, ऐसा मुझे याद नहीं पड़ता। इतने गाउन, इतनी लिपस्टिकें, इतने सुनहरे बाल, इतनी सिगरेटें, और इन सब पर उनका वह समादर! प्रत्येक सुन्दरी के पास ललचाई नजरों वाले पुरुषों का झुंड! और उन सुन्दरियों के एक-एक कटाक्ष से त्रिभूवन में प्रलय मच जाने की सी उन पुरुषों की हालत!

अधिक देर उधर देखते रहने से मुझे न जाने कैसी शर्मिन्दगी-सी महसूस हो रही थी।

धीरे-धीरे सीढ़ी से होकर ऊपर गया और बताए गए ठिकाने के अनुसार ढूंढ-ढांढ़करर किसी तरह गन्तव्य स्थान तक पहुंच गया। एक साहब को बस एक मामूली-सा पत्र भर देना था। लेकिन साहब उस वक्तः अपने कमरे में नहीं थे, इसलिए पत्र लेकर मैं वापस लौट आया।

सीढ़ियों से वापस नीचे उतर रहा था कि नीचे से किसीकी हंसी मेरे कानों में पड़ी।

ऊपर से गर्दन बढ़ाकर नीचे झुकाई तो देखा कि हॉल के कोने में एक सुन्दरी को बहुत-से मर्दो ने घेरकर हुड़दग मचा रखा है। उनकी हंसी गूंज रही है। उनके अगल-बगल के वातावरण में सिगरेट का धुआं जमा हो रहा है।

वहां मैंने जो कुछ देखा, उसे देखकर मैं स्तब्ध रह गया।

अचानक मुझे खयाल आया कि मुझे देखकर एकाएक सबकी हंसी थम गई है और सारा कोलाहल स्तब्ध हो गया है।

मुझे सामने देखते ही मेम भाभी उस कार्पेट पर तेज डग भरते हुए मेरी ओर चली आई।

उस समय की मेम भाभी को क्या मैं ठीक से पहचान पाया था?

मुझे याद है कि सिर के बाल उसने छोटे और छल्लेदार बनवा लिए थे। पलकों एवं होंठों को रंग रखा था। गालों के डिम्पल, कानों के ईयरिंग

और खुली पीठवाले गाउन में अग्निशिखा-सी जो औरत मेरे पास बढ़ आई थी, वही मेरी मेम भाभी है, इसपर मैं एकाएक विश्वास नहीं कर सका।

मेम भाभी लिफ्ट से पता नहीं कहां और किस तल्ले पर मुझे ले गई, यह मेरी समझ में न आया। इस दौरान मैं बराबर चुप रहा, मानो मुझे बात करने का भी होश न हो।

एक एकान्त जगह बैठते ही मैंने कहा, 'मेम भाभी!'

मेम भाभी ने कहा, 'तुमने मुझे पहचान लिया?'

मेरे मुंह से बहुत देर तक कोई आवाज नहीं निकली।

मेम भाभी ने पूछा, 'तू यहां क्या करने आया था?'

मुझे लगा, जो प्रश्न मुझे करना चाहिए था, ठीक वही प्रश्न मेम भाभी ने मुझसे किया है

मैंने कहा, 'मेम भाभी, मैं तुम्हें यहां इस रूप में देखूंगा, यह मैंने सपने में भी नहीं सोचा था।'

पर मेम भाभी चुप रही।

मैंने फिर कहा, 'तुम्हें यह क्या हो गया है, मेम भाभी?'

मेम भाभी ने पूछा, 'क्या हुआ है मुझे, जरा बता तो?'

मैंने कहा, 'क्या सचमुच ही तुम मेरी वही मेम भाभी हो? मैं तो तुम्हें ठीक से पहचान भी नहीं पा रहा हूं।'

मेम भाभी हंसने लगी। बोली, 'तुम्हारी इतनी उम्र हो गई, फिर भी तुम ऐसी बात पूछते हो?'

मैंने कहा, 'मेम भाभी, पर मैं तुम्हें प्यार जो करता था?'

मेम भाभी फिर हंसी। बोली, 'तुम भूल कर रहे हो, नटखट! मुझे भूल जाओ, भाई!'

मैंने पूछा, 'पर यह सब हुआ कैसे?'

मेम भाभी ने कहा, 'एक्सीडेण्ट। बस, और कुछ नहीं।'

मैंने कहा, 'सब झूठ! तुम जिस देश की लड़की हो, ठीक, उसके उपयुक्त ही काम कर रही हो। तुम पर यकीन करके मैंने गलती की। मेम भाभी, क्या अलकेश भैया के चेहरे पर कालिख पोतते समय तुमने जरा भी आगा-पीछा

नहीं सोचा? क्या तुम इतनी नीच और स्वार्थी हो।'

मेम भाभी चुप रहकर एकटक मेरी ओर देखती रही।

पता नहीं मुझे क्या हुआ कि घृणा, शर्म और अपमान से भरकर मैं वहां से भागकर बाहर निकल आया। मैंने सोचा था, शायद मेम भाभी मुझे रोकेगी या पीछे से पुकारेगी और अन्त में एक बार अपनी असहाय अवस्था के बारे में मुझे समझाने की कोशिश करेगी। किन परिस्थितियों में पड़कर यह घृणित काम करके जीवनयापन करने को वह मजबूर हुई, ये सारी बातें खोलकर मुझे समझाएगी। पर मेरी सारी धारणाएं गलत निकलीं। सचमुच मेम भाभी को पहचानने में मैंने उस दिन गलती ही की थी।

सीढ़ी से नीचे उतरते समय चारों तरफ के उस भोग-विलास एवं अतिशय ऐश्वर्य के बीच मानो मन-प्राण से मेरी आत्मा आर्तनाद कर उठी। क्या इसके अलावा और कोई विकल्प नहीं था उसके पास?

उसी समय मिलिट्री के सैनिकों का एक झुण्ड हुल्लड़ मचाता हुआ होटल के भीतर घुसा। मैं उनसे कन्नी काटकर बाहर की खुली हवा में निकल आया। मुझे डर लगने लगा कि हो सकता है, ये लोग मेम भाभी पर अत्याचार करें या उसका अपमान करें। दो जून की रोटियों के लिए वह सारा अपमान भी संभवतः मेम भाभी को हंसते-हंसते सहन करना पड़ेगा।...डर के मारे मेरा सारा बदन सिहर उठा।

उस दिन घर लौटकर भी मेरे मन को शान्ति नहीं मिली थी। हर रोज शाम के समय होटल के विपरीत दिशा वाले फुटपाथ पर अंधेरे में खड़ा एकटक होटल की ओर देखता रहता। होटल के भीतर की वह खुशबू मेरी नाक तक तैरकर आती रहती। भीतर से एकाध ठहाके बाहर आकर गिरते रहते। होटल के बाहर जब अकाल और दुर्भिक्ष से अनगिनत लोग त्रस्त होकर शहर का वातावरण गम्भीर बना रहे थे, उस समय भीतर से नाच-गाने और वाद्य की आवाज एवं शराब की गन्ध बाहर की ओर तैरकर आ रही थी।

मैं उन दिनों का सिर्फ मौन साक्षी बनकर एकदम अकेला चौरंगी के निर्जन फुटपाथ पर एक मद्धिम-से गैस-पोस्ट के नीचे खड़ा रहता और तीखी

नजरों से हर सुन्दरी के चेहरे को गौर से देखता। सोचता, शायद मेम भाभी जैसी कोई सूरत नजर आ जाए; महज एक मुहूर्त के भग्नावशेष के लिए ही शायद उसकी झलक मिल जाए। मैं मेम भाभी के कलंक का साक्षी बनकर वहां नहीं खड़ा रहता था और न ही उसको अपमानित होने से बचाने के लिए; बल्कि किसी दिन मेम भाभी को मैंने प्यार किया था, शायद यह उसीका असर था, जिसके कारण मैं उसे सिर्फ एक नजर देखने-भर के उद्देश्य से वहां खड़ा रहता था।

एक दिन मुझे वह सुअवसर मिल गया।

उस समय रात बहुत हो चुकी थी। जब बहुत दिनों तक काफीकाफी देर वहां खड़े रहकर भी वह मुझे दिखाई नहीं पड़ी तो उस दिन धीरे-धीरे मैंने होटल के गेट में कदम रखा। मुझे ऐसा लग रहा था, मानो मौत के गह्वर में प्रवेश कर रहा हूं। बगल में वही शो-केस था। पैरों तले कार्पेट को रौंदकर आगे खिसकती हुई वही भीड़, परिचित गन्ध और तंग पोशाकें।

मेरी नजरें घूम-फिरकर सिर्फ एक ही मनुष्य की एक जोड़ी काली आंखों को ढूंढ़ रही थीं।

अचानक मेम भाभी को देखा। उद्धत और उत्ताल होकर जो लड़की बहुत-से मर्दों को उन्मत्त बनाए दे रही थी, वही मेरी उन दिनों की मेम भाभी है; यह मुझे समझने की जरूरत नहीं पड़ी।

एक बार तो मैंने मन में सोचा कि मैं क्यों आया यहां? लौट जाऊं? चारों ओर गूंजती हुई-सी आर्केस्ट्रा की आवाज मानो समूचे वातावरण को नशीला बना देना चाहती थी। जो भी यहां आता है, वह अपनी स्वस्थ जाग्रत् चेतना को खो बैठता है। लाज-शरम, पवित्रता सब कुछ मानो गेट के बाहर ही त्यागकर लोग निरावरण हो यहां घूमते हैं। मानो समूचे सम्मान और शालीनता को बाहर तिलांजलि देकर ही यहां प्रवेश करने का अधिकार पाया जा सकता है।

लेकिन फिर भी मेम भाभी मुझे नहीं देख पाई।

मैंने देखा कि मेम भाभी हाथ के पेग को ऊंचा किए पता नहीं क्या. बोल रही थी। उसके बाद सिगरेट का एक लम्बा-सा कश लेकर उसने धुआं उगल दिया और फिर अचानक ही सारे लोग धड़धड़ाते हुए मेम भाभी के इर्द-गिर्द इकट्ठे हो गए। मेम भाभी की पीठ का समूचा हिस्सा दिखाई दे रहा था। पीठ का मेरुदण्ड भी स्पष्ट दिखाई पड़ रहा था। लगता था, मानो उसका रोम-रोम नशे की उत्तेजना से कांप रहा हो। बारीक सिल्क के आवरण को भेदकर मानो मेम भाभी का समस्त उच्छ्वास प्रत्यक्ष दीख रहा था। उसने एक हाथ जरा-सा ऊंचा क्या कर दिया, मानो उसकी प्रत्येक शिरा के रक्त के प्रवाह में दुगुनी गति आ गई हो और इसके साथ ही वहां उपस्थित प्रत्येक मर्द के रक्त प्रवाह में भी उस अदा ने प्रलय मचा दी हो। मनुष्य, धन, वैभव, भोग, विलास, सम्मान आदि सब मानो चंचल हो उठे। गोया मेम भाभी के एक इशारे से मनुष्य के चेहरे पर से मनुष्यता का मुखौटा हट गया हो।

बस, इससे अधिक सहन करना मेरे लिए संभव नहीं रहा। अतः पास जाकर मैंने पुकारा, 'मेम भाभी!'

वहां उपस्थित समस्त लोग जैसे विस्मित-से रह गए। मेम भाभी भी कम विस्मित नहीं हुई। मुझे अचानक वहां देखकर उसने पास पड़ी एक चनरी से अपने शरीर को लपेट लिया और फूर्ती से मेरा हाथ पकड़कर उस दिन की तरह मुझे खींचते हुए बाहर निकल आई।

मैंने कहा, 'मैं फिर आ गया हूं, मेम भाभी!'

मेम भाभी हंसने लगी। बोली, 'मैं जानती थी कि तुम फिर आओगे।'

मैंने कहा, 'बिना आए रहा भी तो नहीं गया।'

मेम भाभी ने कहा, 'एक रिक्शा तो ले आ जरा।'

'रिक्शा!'

मेम भाभी ने कहा, 'तुमसे मुझे बहुत बातें करनी हैं।'

मुझे याद है कि उस दिन मैं मेम भाभी के साथ एक ही रिक्शे पर बैठा था—उसकी बहुत-सी बातें सुनने के लालच से नहीं, बल्कि इतने दिनों बाद मेम भाभी के पास बैठ पाने के लालच से। और उस लालच का आकर्षण कोई कम नहीं था। उस होटल से मेम भाभी को मेरे साथ जाते देखकर उस दिन जो

लोग अचरज में डूब गए थे, वही लोग आज मेम भाभी को मेरे साथ एक ही रिक्शे में बैठते देखकर और भी आश्चर्यचकित हो गए।

होटल का वह परिच्छन्न वातावरण छोड़कर रिक्शा बगल के रास्ते में मुड गया। फिर वह रास्ता भी पार करके एक गली में घुस गया। वह गली ऐसी थी, जहां दुपहरी में भी जाने में डर लगे।

मैंने पूछा, 'यह तुम कहां चल रही हो, मेम भाभी?'

मेम भाभी ने कोई जवाब नहीं दिया। उसके इतने नजदीक बैठकर भी ऐसा लगा, मानो होटल के भीतर इतनी देर तक उद्दण्ड-उच्छृङ्खल अवस्था में जिसको देखा था, वह यह नहीं थी। पास बैठने से उसके बदन से सेंट की खुशबू और मुंह से शराब की गन्ध आ रही थी। चुनरी से घिरे और सिल्क के गाउन से ढंके शरीर में मैं अपनी पहले की मेम भाभी को ढूंढ़ने लगा। एक बार तो महसुस हुआ कि ढुंढ लिया है, पर उसके चेहरे की ओर देखकर लगा कि यह तो मेरे लिए बिलकुल अपरिचित है। अगर पहले कभी इसे पहचानने की बात सोचकर मन में गर्व महसूस किया भी हो, तो वह मेरी सरासर भूल थी। मनुष्य को पहचानने की क्षमता मुझमें है ही नहीं। मैं कहानियां जरूर लिखता हूं, पर यह तो मात्र मेरी सनक है।

बहुत-से रास्तों को तय करते हुए जहां से रिक्शा चल रहा था, वह बहुत ही तंग गली थी। एक गन्दे-से होटल के सामने लुंगी पहने मर्दो की भीड़ खड़ी थी। रास्ते में ही बेंच पर बैठा कोई हुक्का पी रहा था, तो कोई चाय पी रहा था और कोई एल्यूमीनियम के बर्तन में मांस-रोटी खा रहा था। उनके सामने कुत्ते मुंह खोले खड़े थे। यदि कोई एक-आध टुकड़ा उनके सामने डाल देता तो चारों तरफ से छीना-झपटी शुरू हो जाती। ऐसा लगा, मानो यहां अभी-अभी शाम हुई है। कई दुकानें लाल-नीले कागज के फूलों से सजी हुई थीं, जो शायद ईद या रमजान के वक्त सजाई गई थीं। सभी जगह मक्खियां भिनभिना रही थीं। यह भी कलकत्ते का ही एक अंचल है, इस पर यकीन करने की इच्छा नहीं हुई। चौरंगी के राजकीय माहौल के ठीक पीछे यह एक ऐसा उबा देनेवाला अंचल था, जिससे मुझे बेहद घृणा-सी महसूस हुई।

इस बीच मेम भाभी ने मुझसे कोई बात नहीं की। उसके गले में पड़ी मोतियों की माला चक-चक चमक रही थी। हाथों में हीरों की चूड़ियां, बदन पर कीमती सिल्क का गाउन और पांव की लाल पालिश की गई अंगुलियां सुनहरे सैण्डिलों में से मानो अपना आत्मप्रकाश कर रही थीं। इतनी देर से मैं यही सब देख रहा था।

रिक्शा एक पुराने-से मकान के सामने रुका।

मेम भाभी रिक्शे से उतर पड़ी और बोली, 'आ, मेरे साथ चल।'

मैं साथ चल पड़ा। वह एक कांपता हुआ-सा मकान था, जिसमें अनगिनत रास्ते थे और उसी तरह अनगिनत कमरे भी। सहन में बाड़ लगाकर बहुत-सी मुर्गियां पाली हुई थीं। मनुष्य की आवाज पाकर एक बार तो वे सब कचर-पचर की आवाज करने लगी और सहन को सिर पर उठा लिया। गमलों में सिर्फ पत्तों वाले कई पौधे लगे हुए थे। नंगे पैरों के नीचे अंडों के छिलकों के टूटने की कड़मड़ आवाज हो रही थी। सामने के कमरों में बहुत भड़कीले वस्त्रों में कई मेमसाहिबाएं सज-धजकर बैठी पाइप पी रही थीं। लुंगी पहने हुए मर्द इधर से उधर आ-जा रहे थे। मकान के अन्दर आने-जाने की कहीं कोई अड़चन या रुकावट नहीं थी, हालांकि वहां पर्दों, गाउनों, पार्टीशनों की कहीं कोई कमी नहीं थी।

बगल में एक काठ की सीढ़ी थी। मेम भाभी सीढ़ियों से ऊपर जाने लगी। सीढ़ी पर बिछा कार्पेट फटा हुआ था और मैल के कारण बहुत भद्दा लग रहा था। दीवार के डिस्टेम्पर पर असंख्य दाग पड़े हुए थे। कांच के केस में लाल-नीली मछलियां तैर रही थीं। सीढ़ी के मोड़ पर दीवार में एक शीशा लगा था। तार के पिंजरे में कनेर चिड़ियों का झुण्ड था। शीशे में मेम भाभी की छाया पड़ते ही उसकी बगल में मुझे अपनी प्रतिच्छवि भी दिखाई पड़ी। मैंने अपना चेहरा देखा तो मुझे पता चला कि डर और उत्सुकतावश मेरा मुंह बिलकुल सूख गया है।

मैंने कहा, 'यह कहां ले आई हो मुझे, मेम भाभी?'

मेम भाभी ने कहा, 'तुझे डरने की कोई जरूरत नहीं है, मैं जो साथ हूं।

मेम भाभी का उत्तर सुनकर मैं कुछ आश्वस्त हुआ। एक संकरी गली

से गुजरकर मेम भाभी ने एक बिलकूल अंधेरे कमरे के ताले में चाबी घुमाई। बोली, 'आ, मैं यहीं रहती हूं। यही मेरा घर है।'

इतने दिनों बाद आज भी उस दिन की बात सोचकर रोमांच हो आता है। कलकत्ते के जिस समाज के हम प्राणी हैं, उसमें रहते हुए ऐसा वातावरण देखने का अवसर हमें बहुत ही कम मिलता है।

पर मेरा मामला कुछ अलग ही था। मैंने बड़े-बूढ़ों की बात कभी नहीं मानी और दूसरे की नजरों से देखी हुई बात को खुद की देखी हुई सोचने की गलती भी मैंने कभी नहीं की। लजीला-सा बना अपने मन की गलियों में खुद ही खाक छानता फिरता रहा। सभी चीजों का अर्थ मैंने अपनी समझ के अनुसार समझा। नियति के चक्र के साथ-साथ बहुत-से लड़के-लड़कियों से घनिष्ठ होकर मिलने-जुलने का सुअवसर भी मुझे मिला। वे लोग बिना किसी तकल्लुफ के मुझसे मिले। किसी-किसी ने तो अपना दिल ही दे दिया मुझे। मैं भी उनसे खुश हुआ और उनके दुःख में रो-रोकर अपने दिल को दुखित भी किया।

इसका उदाहरण थी मेम भाभी। मेम भाभी अगर उस दिन मुझे अपने साथ नहीं ले जाती तो क्या मैं कभी वहां जाता? किसको पता चलता कि कलकत्ते में ही एक ऐसा स्थान भी है? किसे मालूम होता कि कलकत्ते जैसे शहर में चार रुपये किराये में भी कमरा पाया जा सकता है? किसे पता था कि हीरे की चूड़ियां, मुक्तों की माला, कीमती सिल्क का गाउन, सुनहरे सैन्डिल और मामूली भोजन की थाली इत्यादि सब कुछ दैनिक रेट के अनुसार भाड़े पर मिल सकता है? सुना है कि झांकी, नाटक वगैरह की ड्रेस तो किराये पर मिलती है और शादी-विवाह के अवसर पर चेयर, टेबल, शामियाने, तकिये, हुक्के, कप-डिश वगैरह भी, लेकिन...

मेम भाभी ने कहा, 'तुम एक मिनट बैठो, नटखट! मैं अभी आई।'

मुझे डर लगने लगा, 'क्यों? तुम कहां जा रही हो?'

मेम भाभी ने कहा, 'अभी आती हूं। तुम्हें डरने की कोई जरूरत नहीं है।' कहकर मेम भाभी अंधेरे में गायब हो गई।

मैं एक टूटी चारपाई पर बैठा हुआ था और चुपचाप चारों ओर नजरें दौड़ा रहा था। फटी चादर पर कुछ मैले-कुचैले कपड़े पड़े हुए थे। मेम भाभी के

कपड़े इतने मैले हो सकते हैं, मैं सोच भी नहीं सका। मुझे लगा, शायद समय के अभाव में ये कपड़े धोबी को नहीं दिए गए हैं। बाहर सहन में कुछ बतखें पुकार उठीं। नीचे सड़क पर भी क्षण-भर के लिए कुछ शोर-सा उठा। बहुत-से लोगों के चीखने-चिल्लाने की आवाज सुनाई पड़ी। यहां भी नाक में मांस भुनने की गंध आ रही थी। अचानक ही पैर के पास एक विलाब जैसा मोटा चूहा दिखाई पड़ा, जो मुझे देखकर वापस दरवाजे की तरफ भाग गया। मैं चौंक पड़ा।

बगल वाले कमरे में ग्रामोफोन बज उठा। साथ में कई मेमसाहिबाओं के गले का स्वर भी सुनाई पड़ रहा था।

कुछ हंसी-मजाक के टुकड़े और सस्ते सिगरेटों का धुंआ।

तभी सीढ़ी पर धम-धम की आवाज हुई।

मेम भाभी ने कमरे में प्रवेश किया। हाथ में पता नहीं क्या लायी थी।

उसका चेहरा देखकर मैं चौंक पड़ा। पूछा, 'यह क्या?'

मेम भाभी ने कहा, 'आज मैंने कुछ भी नहीं खाया, इसलिए तुम्हारे लिए भी ले आई हूं।'

वह एक कागज के ठोंगे में बहुत सारे तले हुएँ अण्डे और एक जग में दो व्यक्तियों के लिए चाय लाई थी।

मैंने पूछा, 'लेकिन तुम्हारा वह सिल्क का गाउन कहां गया?'

मेम भाभी ने कहा, 'दूकान की चीज थी। वहीं वापस लौटा दी।'

मैंने अचरज से पूछा, दूकान की चीज थी?'

मेम भाभी ने कहा, 'गहने, गाउन और सैण्डिल वगैरह का दैनिक किराया साढ़े पांच रुपये होता है। आज किराए के लिए मेरे पास नकद रुपये नहीं थे, इसलिए यह कह दिया कि कल दूंगी। अब तो उसके साथ जान-पहचान हो गई न, इसलिए जो मांगती हूं, उधार दे देता है।'

मेरे मुंह से कोई आवाज नहीं निकली। मैं चकित-सा मेम भाभी के चेहरे की ओर देखता रहा। शरीर पर मैला गाउन था और पैरों में चप्पल' पर गले में नेकलेस और हाथों में चूड़ियां आदि कुछ नहीं थीं।

मेम भाभी मेरे जग में चाय डालते हुए कहने लगी, 'किसी जमाने में मेरे

पास खुद का मकान था, खुद की कार थी; इस बात पर किसी को यकीन ही नहीं आता। अलक मेरे हाथों में हजारों रुपए लाकर रख देता था। मैंने सोचा था, शायद अब जिन्दगी में सुख-शांति मिलेगी। सोचा था, डोरा से मेरा शर्त लगाना सार्थक हो गया।'

फिर बोली, 'अब यहां मैं जूठा-ऊठां कुछ नहीं मानती। एकादशी, पूर्णिमा में भी विश्वास नहीं करती। एक बात और बताऊं? मैं विधवा हूं, यह भी अब मुझे याद नहीं रहता।'

कुछ रुककर फिर बोली, 'गोबर से आंगन भी नहीं लीपती अब मैं। सिर पर आंचल लेकर तुलसी को प्रणाम भी नहीं करती। मैं अपने पूर्वजीवन को बिल्कुल भूल चुकी हूं।'

मेरे चेहरे की तरफ देखे बिना मेम भाभी आगे कहने लगी, 'मैं जानती थी, नटखट कि तुम फिर आओगे; लेकिन तुम आए किसलिए हो?'

चाय के जग में एक चुस्की लगाते हुए वह बोलती गई, 'यहां सबको यही मालूम है कि छः महीने हुए मैं वेल्स से आई हूं। मेरे कारण ही होटल के ग्राहक बढ़ गए हैं। एक दिन तो मेरे चलते शराब पीकर सबने मार-पीट भी कर ली। सुल्तानगंज के प्रिंस...।'

मैंने कहा, 'ये सब बातें मुझे सुनाते हुए तुम्हें जरा भी शर्म नहीं आती?'

मेम भाभी पहले जैसी मधुर हंसी में हंस पड़ी। बोली, 'शर्म भला क्यों आने लगी? जब इकत्तीस रुपये छः आने साथ लेकर अपना वह घर और मुहल्ला छोड़कर मैं यहां आई थी, उस दिन क्या मुझे, मेरी इज्जत को बचाने के लिए कोई आगे बढ़ा था? फिर आज मुझे शर्म क्यों आएगी?'

उसने चाय की और एक चुस्की ली और बोली, 'यह सच है कि मैं मेमसाब हूं, लेकिन थी तो अलक की बहू न! जब रिश्तेदारों ने जबरदस्ती मेरा मकान मुझसे छीन लिया, तब मैं कहां और कैसे रहूंगी, यह पूछने क्या मेरे पास कोई भी आया था?'

कुछ देर चुप रहकर वह फिर बोली, 'मैं अंग्रेज भले ही हूं, लेकिन हूं तो एक लड़की ही न। क्या मेरी कोई इज्जत नहीं थी, शर्म नहीं थी या आबरू नहीं थी? बताओ।

मेम भाभी हंसने लगी। बोली, 'इसीलिए तो तुम्हें यहां ले आई हूं कि अपनी आंखों से ही देख जा। जिनको तुम लोग निम्न कोटि के कहते हो, उन्हीं लोगों ने बुरे दिनों में मुझे सहारा दिया। इन लोगों ने सभी चीजें मुझे उधार दीं। मुहल्ले के सबसे बड़े गुण्डे अब्दुल मियां ने मुझे अभयदान दिया। मुझे कपड़े-लत्ते किराये पर मिल जाएं, उसने इसका इन्तजाम किया। उसने वह सब कुछ किया जो तुम लोग नहीं कर सके।'

मेरी ओर देखकर वह एकाएक बोली, 'मुझे यहां ऐसा खाना खाते देखकर तुम्हें शायद घृणा हो रही है। क्यों?'

मेरे मुंह से कोई बात नहीं निकली।

मेम भाभी ने आगे कहा, 'तो ठीक है। मैं फेंक आती हैं।'

वह खाने की डिश लेकर जंगले की तरफ जाने लगी। उसे उधर जाते देखकर मैं लपककर उठा और मेम भाभी का हाथ कसकर पकड़ लिया।

मैंने कहा, 'मुझ पर क्या तुम्हें जरा भी दया नहीं आती, मेम भाभी! तुम्हारे पांव पड़ता हूं, फेंकना मत।'

मेम भाभी ने कहा, 'मेरे लिए क्या कभी किसी को दया आई थी?' यह कहकर वह बिस्तर पर आ बैठी। फिर बोली, 'तुम अपनी आंखों से देख आये हो कि मैं होटल के 'बार' में क्या कर रही थी। अब इसके बारे में तुमसे झूठ क्या कहूं? पर मुझे भी तो अपना पेट पालना पड़ता है। मुझे भी तो कमरे का किराया देना पड़ता है। चावल-दाल खरीदने के लिए पैसे का जुगाड़ करना पड़ता हैं। रात का खाना-पीना तो वहीं उनके पैसों से हो जाता है, लेकिन सुबह का? सुबह भी तो कुछ खाना ही पड़ता है।'

मैंने कहा, 'तुमसे इतनी कैफियत कौन चाहता है, मेम भाभी?'

मेम भाभी ने मेरी बात नहीं सुनी और अपनी धुन में कहती गई, 'इस मुहल्ले में अब्दुल मियां जैसे गुंडे का दल है, इसीलिए किसी तरह बच पाई हूं। पर तुम्हीं बताओ, क्या इसीको जीना कहते हैं?'

मैंने पूछा, 'अच्छा, विलायत लौट जाने में तुम्हारे कितने रुपये खर्च होंगे?'

मेम भाभी हंसी के मारे दुहरी हो गई। बोली, 'तो तू रुपये देगा मुझे?

अब शायद बहुत पैसे हो गये हैं तुम्हारे पास?'

मैंने कहा, 'मैं अपना सोने का बटन, घड़ी आदि सब बेचकर तुम्हारे लिए रुपयों का इन्तजाम कर दूंगा, तुम चली जाओ। इन सबको बेचकर तीन सौ रुपये तो मिलेंगे हो?'

मेम भाभी ने कहा, इतने रुपये मेरी एक रात की कमाई है, यह पता है तुम्हें?'

मैंने नजर उठाकर गौर से मेम भाभी की ओर देखा।

मेम भाभी ने कहा, 'हां, भाई। मेरी एक रात की आमदनी तीन सौ रुपये है। कभी किसी राजा-महाराजा से पाला पड़ जाता है तो हजार तक भी कमा लेती हूं। पर इतने से भी मुझे पूरा नहीं पड़ता। मेरा मासिक खर्च बहुत अधिक है। एक दिन में साढ़े पांच रुपये तो गाउन का ही किराया लगता है, फिर तीन-चार सौ से भला क्या होगा?

मुझे महसूस हुआ, मानो मेम भाभी शराब पीकर बहक रही है। मुझे शक हुआ कि इतनी देर से मैं किसी पगली से बात कर रहा हूं और वह जो कुछ कह रही है, वह सब निराधार है। मैंने मेम भाभी को गौर से देखा तो महसूस हुआ कि सारी-सारी रात जागने की वज़ह से मेम भाभी की आंखो के नीचे स्याह धारियां पड़ गई हैं। गले के अगल-बगल की हड्डियां उभर आई हैं। छोटे गाउन के नीचे दोनों गोरे मुलायम पांव फटे हुए एवं कठोर-से हो गए हैं। आज की बनिस्बत पहले इसी शरीर में कई गुना लावण्य था।

मेम भाभी ने कहा, 'रात बहुत हो चुकी है। अब तू घर जा।'

पता नहीं मुझे क्या हुआ कि मेम भाभी के दिल पर चोट पहुंचाने की इच्छा हुई। कहा, 'क्यों नहीं। मेरे यहां रहने से तो तुम्हारे घन्धे में घाटा पड़ेगा न!'

अचानक मेम भाभी तनकर खड़ी हो गई और मेरे गाल पर कसकर एक चांटा जड़ दिया। मैं इसके लिए प्रस्तुत नहीं था। लेकिन मुंह से कुछ नहीं कहा।

मेम भाभी चीख पड़ी। हांफते-हांफते बोली, 'तेरी इतनी हिम्मत! ऐसी बात कहते हुए तुमने जरा भी नहीं सोचा!'

मैं बिस्तर छोड़कर खड़ा हो गया और सिर झुकाए हुए बोला, 'तुम यह न सोच लेना कि मुझे थप्पड़ मारने से तुम्हारा कलंक पुंछ जाएगा।'

मेम भाभी का स्वर सप्तम पर पहुंच गया। बोली, 'छोटे मुंह बड़ी बात करता है?

दरवाजे की ओर कदम बढ़ाते हुए मैंने कहा, 'मैं तुम्हारा बहुत आदर करता था, इसीलिए तुम इतना सब कह सकती हो। वरना...'

मेम भाभी गुस्से के मारे कांपने लगी। चिल्लाकर बोली, 'निकल जा, तू इसी वक्त मेरे कमरे से निकल जा!'

मैं धीरे-धीरे दरवाजे से बाहर निकल रहा था कि मेम भाभी ने पीछे से पुकारा, 'सुन!' और वह स्वयं मेरी तरफ बढ़ आई। बोली, 'तेरी उम्र क्या है?'

मुझे भी गुस्सा आ गया था। मैंने कहा, 'शराब के नशे से अगर तुम अंधी न हुई होतीं तो खुद ही समझ लेती कि तुम्हारे साथ एक ही सेज पर सोकर रात बिताने लायक उम्र नहीं हुई है मेरी!'

इतना कहकर मैं जल्दी-जल्दी वापस आने लगा, फिर पता नहीं मन में कैसी कमजोरी आई कि ठिठककर पीछे मुड़ा तो देखा कि मेम भाभी बिस्तर पर औंधे मुंह लेटी बुरी तरह से रो रही है। दरवाजे के पास खड़े-खड़े उस तरफ देखकर पता नहीं क्यों मेरी भी आंखों में पानी भर आया। मैला गाउन पहने हुए उसके शरीर को पीछे से देखकर मुझे लगा, मानो वह बहुत रातों से नहीं सो पाई हो। मानो उसने बहुत दिनों से पेट भरकर खाना भी नहीं खाया हो। पीठ को जोड़ने वाली हड्डी पहले मैले गाउन में स्पष्ट दिखाई दे रही थी।

खड़े-खड़े बहुत से करुणाजनक भाव उत्पन्न हो रहे थे मेरे मन में। एकाएक एक आदमी मैली-सी लुंगी पहने हुए सीढ़ियां फांदता हुआ धमधम ऊपर चढ़ आया और मुझे सामने खड़ा देखकर ठिठककर खड़ा हो गया। उसने एक बार गौर से मेरी पोशाक पहनावे का निरीक्षण किया। फिर वह मेम भाभी के सामने खड़ा हो गया। मेम भाभी को उस हालत में देखकर वह पता नहीं क्या सोचने लगा। फिर उसने बहुत ही सावधानी से पुकारा, 'मेम दीदी!'

मेम भाभी का रोना थम गया, लेकिन उसने पीछे मुड़कर देखा नहीं।

उस व्यक्ति ने फिर पुकारा, 'मेम दीदी, सुल्तानगंज के छोटे कुमार साहब आए हैं।'

अबकी बार मेम भाभी उठी और चुपचाप आंखें पोंछ लीं। उस व्यक्ति की ओर मुंह करके उसने पूछा, 'कौन? यूसुफ? क्या बात है?'

यूसुफ ने कहा, 'सुलतानगंज के छोटे कुमार साहब बड़ी-सी कार लेकर आए हैं। नीचे खड़े हैं।'

मेम भाभी ने हठात् मेरी ओर देखा। मैं उसी जगह खड़ा था। मैंने मन ही मन कसम खाई कि अब मेम भाभी कितना भी जाने को कहे, मैं यहां से हर्गिज नहीं जाऊंगा।

मेम भाभी ने यूसुफ से कहा, 'तू जाकर कुमार साहब से कह दे कि आज मेरी तबीयत ठीक नहीं है।'

यूसुफ ने कहा, 'वे बहुत बड़े आसामी हैं, मेम दीदी! कहीं नाराज हो गए तो?'

मेम भाभी ने कहा, 'यूसुफ, मैं तुम्हें जैसा कहती हूं, वैसा करो।'

यूसुफ ने कहा, 'वे होटल भी गए थे, पर वहां आप नहीं मिलीं; इसीलिए यहां बुला लाया हूं। कुमार साहब ने नई कार खरीदी है।'

पता नहीं मेम भाभी ने क्या सोचा, फिर मेरी ओर मुड़ कर बोली, 'इतनी रात हो गई क्या तू घर नहीं जाएगा?'

मैंने तटस्थ नजरों से मेम भाभी की ओर देखते हुए कहा, 'नहीं।'

मेरा जवाब सुनकर मेम भाभी चकित रह गई। बोली, 'नहीं जाएगा?'

मैंने भी उसी तरह जवाब दिया, 'नहीं।'

मेम भाभी ने कहा, मेरे रुपयों का नुकसान करवाकर तुझे क्या मिलेगा?'

मैंने कहा, 'तुम्हें कितने रुपए चाहिए, मैं दूंगा। मेरी घड़ी, सोने का बटन, मेरे जन्मदिन पर मिले चालीस रुपए, तीन मोहरें पांच अंगूठियां आदि जो कुछ मेरे पास है, सब कुछ तुम्हें दे दूंगा।'

यूसुफ बेचैन-सा हो उठा। बोला, 'क्यों बात बढ़ा रहे हैं, बाबू!

सुलतानगंज के छोटे कुमार साहब मेम दीदी के लिए हजारों रुपये खर्च करेंगे। ऐसी पार्टी हाथ से निकल गई तो बाद में अफसोस होगा।'

मेम भाभी ने बीच में उसे रोकते हुए कहा, 'यूसुफ, तुम चुप रहो!'

उसके बाद मेरी ओर मुखातिब होकर वह बोली, 'तो तू सचमुच नहीं जाएगा?'

मैंने कहा, 'नहीं।'

मेम भाभी ने कहा, 'किसी तरह भी नहीं जाएगा न?'

तब भी मैंने वही कहा, 'नहीं, मैंने तुम्हारे माथे पर सिंदूर की बिन्दी लगाई है। तुम्हारे दोनों पांवों में अपने हाथों से महावर रचाया है। कालीघाट से एक दिन तुम्हारे लिए शंख की चूड़ियां खरीद लाया था। इसके अलावा अलकेश भैया की बीमारी के वक्त तुम्हारे गिर्जावाले देवता के सामने मंन्नत मानी थी, कालीजी की पूजा की थी। तुम्हारे लिए मैंने क्या नहीं किया, जरा बताओ तो!'

मेम भाभी हंसने लगी। बोली, 'उससे क्या फायदा हुआ? अलक के 'मरते ही शंख की चूड़ी, सिंदूर, महावर आदि सभी तो उतारकर फेंकना पड़ा। तुम्हारे या मेरे देवता में से किसी ने भी तुम्हारी विनती सुनी?'

मैंने कहा, 'तो क्या रुपये ही तुम्हारी नजर में अधिक महत्त्व रखते हैं? रुपए होने से ही क्या तुम्हारे तमाम दुःख खत्म हो जाएंगे? इतने रुपए तुम्हें किसलिए चाहिए, बताओ तो? क्या तुम चाहती हो कि रुपए के लिए तुम अपनी बलि दे दोगी?'

मेम भाभी ने परेशान होते हुए कहा, 'थोड़ा-सा और धीरज रख, बड़ा होकर समझेगा कि रुपयों का क्या महत्व है।"

मैंने कहा, 'अब मैं पहले जैसी कच्ची उम्र वाला लड़का नहीं रहा, मेम भाभी! हां, अब मैं वह कच्ची उम्रवाला लड़का नहीं हूं।'

मेम भाभी ने कहा, 'बस-बस, रहने दे। अगर मेरे कोई बेटा होता तो आज तुमसे भी बड़ा होता। तब तुम मेरे लिए बच्चे नहीं तो और क्या हो, जरा सुनूं तो?'

मैंने कहा, 'फिर भी मैं सब कुछ समझता हूं, मेम भाभी! तुम होटल किसलिए जाती हो, सुलतानगंज के छोटे कुमार साहब रात के समय किस

लिए तुम्हारी खोज में यहां आए हैं; वह सब मैं समझता हूं।'

मेम भाभी ने कहा, 'अब तुम्हें और कुछ भी समझने की जरूरत नहीं। मैं कहती हूं, तू यहां से बाहर निकल जा।'

फिर यूसुफ की ओर मुखातिब होकर बोली, 'यूसुफ, तू जा और दूकान से सैंडिल, गहने, गाउन आदि सब कुछ ले आ। उससे कह देना कि रुपए सुबह मिलेंगे।

यूसुफ जाते-जाते मेरी ओर व्यंग्यभरी नजरों से देखता हुआ कह गया, 'क्यों बेकार ही गड़बड़ करते हो भाई, अब खिसक जाओ।'

मुझे आज भी वह रात अच्छी तरह याद है, जब मैं उस अपरिचित गंदी बस्ती में मेम भाभी के गंदे कमरे में अपनी समस्त चेतना खोकर अचेत-सा बैठा था। पता नहीं क्यों मुझे ऐसा लगा कि कुछ देर बाद मेरे देखते-देखते ही एक प्राणी रसातल की गहराइयों में डूब जाएगा। एक प्राणी मेरी ही नजरों के सामने आत्महत्या कर लेगा और मैं अपंग की तरह आंख फाड़े सिर्फ देखता रह जाऊंगा। मेरे किए कुछ भी नहीं होगा। मेम भाभी की तमाम शिक्षा, सतीत्व और संयम आदि सिर्फ रुपयों की बाढ़ में बहकर मिट्टी में मिल जाएंगे। यह भी याद है कि उस दिन मेम भाभी मेरे सामने सिर्फ चुपचाप खड़ी रही थी। बहुत देर तक खड़े रहने के बाद मेम भाभी ने कहा था, 'अब तो जाएगा न, भइया! सच, तू बहुत सयाना है!'

मेरी आंखें भला सूखी कहां थीं! मैंने कहा, 'नहीं जाऊंगा। देखता हूं, तुम कैसे आत्मघाती बनती हो!

मेम भाभी हंस पड़ी। बोली, 'अगर मैं आत्मघाती होती भी हूं तो तेरा क्या जाता है? तू क्या लगता है मेरा?''

मैंने कहा, 'यह जानता हूं कि मैं तुम्हारा कुछ नहीं लगता, पर आज तुम्हारा कोई बेटा होता तो?'

मेरी बात सुनकर मेम भाभी निमिष-भर को अन्यमनस्क हो गई। उसके मुंह से कोई जवाब नहीं निकला। मैंने फिर कहा, 'अपने बेटे के सामने ऐसा करते तुम्हें शर्म नहीं आती?'

मेम भाभी क्षण-भर गुमसुम खड़ी रही। फिर बिस्तर पर बैठ गई। मैं मेम

भाभी के नजदीक चला गया। तब भी वह उसी तरह बैठी रही।

फिर धीरे-धीरे उसने कहना शुरू किया, 'हां रे, क्या तू मुझे यहां से निकालकर नहीं ले जा सकता है?'

मैंने कहा, 'क्यों नहीं, बताओ कहां जाओगी तुम?'

'जहां भी चाहो।'

पता नहीं मुझे क्या हुआ कि मैं पूछ बैठा, 'हमारे घर चलोगी, मेम भाभी?'

मेम भाभी ने कहा, 'चाहे जहां भी ले चल; बस, अब इस मुहल्ले में नहीं रहूंगी।'

फिर न जाने मेम भाभी ने क्या सोचा। बोली, 'तुम्हारे घर? तेरी मां क्या मुझे वहां रहने देगी?'

फिर अपनी ही धुन में वह बड़बड़ाने लगी, 'मैं फिर से अच्छी हो जाऊंगी। फिर से सफेद वस्त्र पहनना शुरू कर दूंगी। निरामिष भोजन करना शुरू कर दूंगी। तुम्हारी गृहस्थी का सारा काम कर दूंगी।'

मैंने मेम भाभी को सब कुछ कहने दिया, रोका नहीं। मुझे उस पर बहुत दया आई। उसकी हालत देखकर मुझे उस पर बहुत तरस आया।

मेम भाभी ने आगे कहना शुरू किया, 'किसी-किसी दिन तो मुझे बहुत ही खराब लगता है यह सब। जानते हो, रात के तीन बजे से पहले मुझे कभी नहीं छोड़ते वे लोग। उन लोगों के सामने उनके बराबर स्फूर्ति दिखानी पड़ती है, उन लोगो के बराबर ही शराब पीनी पड़ती है। अगर आंखों में नींद घुल आए तब भी वे नहीं छोड़ते। अगरं तबीयत खराब लगे, तब भी रिहाई नहीं देते।'

मैंने कहा, 'लेकिन तुम्हें भी तो वही सब अच्छा लगता है!'

'क्या खाक अच्छा लगता है! रोने का मन हो तो रो नहीं सकती, नींद आए तो सो नहीं सकती। मन नहीं हो, तब भी शराब पीनी पड़ती है। यह मेरा बहुत सुखी जीवन है न!'

मैंने कहा, 'तुम्हें खुद ही जब मरने का इतना शौक है तो कौन बचाने आएगा तुम्हें, तुम्हीं बताओ!'

मेम भाभी ने कहा, 'मैं तो जिन्दा रहने की ख्वाहिश लेकर ही यहां आई

थी, इसीलिए तो अलक से शादी की थी।'

मैंने कहा, 'पर सच्चे दिल से कभी तुमने जिन्दा रहने की कोशिश की है?'

मेम भाभी ने कहा, 'मालूम है, कभी-कभी तो इन लोगों के अत्याचारों से ऊबकर आत्महत्या कर लेने की इच्छा होती है मेरी।'

मैंने कहा, 'लेकिन अभी तो तुम कह रही थीं कि इन्हीं लोगों ने, मतलब यहां के अब्दुला और यूसुफ मियां ने ही तुम्हें बचाया है?'

मेम भाभी ने कहा, 'इन लोगों ने मुझे बचाया है, यह सच है। पर उस वक्त मुझे क्या मलूम था कि ये लोग लड़कियों के दलाल हैं। मेरी आय के हर पैसे में इन लोगों का भी हिस्सा होता है। मेरे रक्त के कतरे तक का ये व्यापार करते हैं।'

मेम भाभी की बातें सुनकर मेरा दिल डर के मारे दहल उठा।

मैंने कहा, 'मैं सिर्फ यही सोच रहा हूं, मेम भाभी कि इतने जुल्मों को सहते हुए भी तुम अब तक जिन्दा कैसे हो?'

मेम भाभी ने कहा, 'मैं क्या जीने में जीती हूं रे, इधर देख!' और उसने दाहिने हाथ की अंगुली से अपनी आंख की पलक ऊंची करके दिखाया और बोली, 'खून की एक बूंद तक भी नहीं है मेरे शरीर में। डॉक्टर बैसाख का कहना है कि अगर यही रवैया चला तो अधिक दिन जीवित नहीं रख पाऊंगी।'

कुछ देर चुप रहकर वह फिर कहने लगी, 'एक दिन तो होटल में हुड़दंग मचाते-मचाते एकदम बेहोश होकर गिर पड़ी थी। बहुत रात गए यूसुफ ने वहां से उठाकर डॉक्टर बैसाख के पास ले जाकर मुझं दिखाया था और दवा वगैरह दिलाकर बचाया था।

हठात् गाउन का एक हिस्सा जरा-सा ऊंचा करके अपने पांव दिखाते हुए वह बोली, 'यह देख, यहां से कट गया था उस दिन। अभी तक निशान भी है। रुपये जरूर कमा लेती हूं, लेकिन दवाइयां भी क्या कम खानी पड़ती हैं! डॉक्टर बैसाख को भी अभी कितने ही रुपये देने बाकी हैं। मुझे तो हमेशा यही डर लगता है कि ऐसी हालत रही तो किसी दिन यक्ष्मा का शिकार बन जाऊंगी

और खांसते-खांसते खून की उल्टियां करते हुए ही मर जाऊंगी।'

मैं भला क्या कहता! मेरे कहने-सुनने को बाकी ही क्या रह गया था!' नजर उठाकर देखा तो पता चला कि मीट-सेफ पर खाली शीशी-बोतलों का अम्बार लगा हुआ है।

मेम भाभी ने फिर कहना शुरू किया, 'जिस दिन सोचती हूं कि आज होटल बिलकुल नहीं जाऊंगी, उस दिन यही अब्दुल आता है, या कभी-कभी यूसुफ आता है, और जबरन गाउन-गहने वगैरह लाकर सामने रख देता है और रिक्शा बुलाकर उसमें बैठा देता है। रिक्शा भी इन्हीं लोगों के दल का है; वह मुझे सीधा होटल तक पहुंचाकर ही दम लेता है। बस, वहां पहुंचकर कैसे क्या होता है, मुझे कुछ भी पता नहीं रहता।'

मैं अब भी कुछ नहीं कह सका। मेम भाभी की आंखों से सावन-भादों की झड़ी लग गई।

मेम भाभी ने कहा, 'गालों पर रंग मलकर, आंखों में सुर्मा आंजकर, भौंहों को पेन्सिल से नुकीली बनाकर, होंठों पर लिपस्टिक रगड़कर बहुत ही मुश्किल से मुझे जवान युवती का रूप धारण करना पड़ता है। पैड लगी ब्रेसियर पहनकर रात के अंधेरे में कुमारी जैसी सजकर राजा-महाराजा, कैप्टन और मेजर वगैरह का दिल बहलाना पड़ता है। यह एक ऐसा पाप है, जिसे तू भला क्या समझेगा? बता!'

फिर हठात् मेरी ओर मुखातिब होकर बोली, 'क्यों रे, तू तो कुछ बोल ही नहीं रहा है?'

मेरे मुंह से तब भी कोई आवाज नहीं निकली।

मेम भाभी ने अपने हाथों से मेरी ठुड्डी को ऊपर उठाया और बोली, 'तुम्हें भी मुझ पर घृणा हो रही है न?'

इसके जवाब में मैं क्या बोलूं, क्या न बोलूं, मेरी कुछ समझ में नहीं आया।

मेम भाभी ने कहा, 'जब मुझे ही स्वयं से बेहद वितृष्णा होती है तो तुम्हें तो होनी स्वाभाविक ही है।'

इतनी देर बाद अब मेरी जबान खुली। मैंने कहा, 'मेम भाभी, तुम फिर से जिन्दा रहना चाहती नो न?'

मेम भाभी ने कहा, 'तू मुझे इस अब्दुल और यूसुफ के हाथों से बचा, भाई।'

मैंने पूछा, 'क्या तुम आज ही मेरे साथ चलोगी?'

मेम भाभी ने कहा, 'चलूंगी, तू जहां ले जाएगा, वहीं चलूंगी।'

'पर तुम्हें ऐसे जीवन का मोह छोड़ना पड़ेगा।'

मेम भाभी ने कहा, 'अगर छोड़ सकी तो समझो मैं जी ही जाऊंगी।'

मैंने कहा, 'और तुम्हें यह रुपयों का जो नशा है, वह भी छोड़ना पड़ेगा।'

पता नहीं यह सुनकर मेम भाभी क्या सोचने लगी। कुछ देर तक उसके मुंह से कोई आवाज नहीं निकली। सिर्फ सूनी निगाहों से अंधेरे को घूरती रही। फिर बोली, 'पर रुपये तो मुझे चाहिए ही।'

मैंने कहा, 'मेम भाभी, मैं तुम्हें अपनी मां की तरह आदरपूर्वक रखूंगा, किसी तरह की भी तुम्हें चिन्ता नहीं होने दूंगा। खाना, कपड़ा, सुख, शान्ति सभी कुछ तुम्हें देने की कोशिश करूंगा। जो कुछ मैं खाऊंगा, तुम्हें भी वही खिलाऊंगा।'

मेम भाभी ने कहा, 'अपने घर में रखोगे मुझे?'

मैंने कहा, 'मुझे एक नौकरी मिल गई है। उन्हीं रुपयों से मैं तुम्हारे लिए एक कमरा किराये पर ले दूंगा। तुम्हारे लिए दाई-नौकरी सब रहेंगे। उन सबके विषय में तुम्हें कुछ भी नहीं सोचना पड़ेगा। क्या मेरे साथ चलोगी, मेमे भाभी?'

मेम भाभी ने कहा, 'लेकिन...!'

मैंने कहा, 'सगी मां की तरह तुम्हारी सेवा करूंगा। बताओ मेम भाभी, चलोगी मेरे साथ?'

मेम भामी ने बहुत निराश नजरों से मेरी ओर देखा। बोली, 'लेकिन रुपये?'

मैंने कहा, रुपये तुम्हें किसलिए चाहिए, बताओ? तुम्हारे हाथ-खर्च के लिए? वह मैं दूंगा तुम्हें।'

मेम भाभी ने कहा, 'पर मुझे हाथ-खर्च के लिए रुपये नहीं चाहिए।'

'तब?'

मेम भाभी ने कहा, 'रुपये मुझे बहुत जरूरी चाहिए, रे।'

'पर किसलिए, यह तो बताओगी!'

मेम भाभी ने कहा, 'बस, मुझे बहुत रुपये चाहिए। रुपये के बिना मेरा काम चल नहीं सकता। मुझे बहुत रुपये चाहिए। बहुत का मतलब, हजारों रुपये की आवश्यकता है मुझे।'

मैंने कहा, 'इतने रुपयों का क्या करोगी? क्या गहने बनवाओगी?'

मेम भाभी ने कहा, 'नहीं रे, गहने बनवाने का शौक तो मेरा मिट ही गया है।'

'तब? क्या मकान बनवाओगी?'

मेम भाभी बोली, 'मकान? मकान का क्या करूंगी?'

'तो क्या कार खरीदोगी?'

मेम भाभी ने जवाब दिया, 'गहने मकान, कार, किसी चीज का भी अब मुझे शौक नहीं रहा। इनमें से मुझे कुछ नहीं चाहिए। लेकिन फिर भी मुझे रुपयों की जरूरत है। मुझे सिर्फ रुपये चाहिए, और हर हालत में। चाहिए।'

जैसे वह पागल हो गई हो, इस तरह मेम भाभी प्रलाप करने लगी। मेम भाभी का चेहरा देखकर मुझे डर-सा लगने लगा। थोड़ी देर पहले वह शराब पीकर आई है, शायद उसका नशा अभी तक उतरा नहीं है। इतनी देर में पसीने के मारे और रोने से चेहरे, होंठ, आंखों के काजल का रंग धुल-पुंछ गया था। मैले फटे गाउन की ओट में मेम भाभी के बदन की दुर्बलता मानो स्पष्ट दीख रही थी। मुझे ऐसा लगा, मानो मेम भाभी को किसी बड़ी बीमारी ने आ घेरा है और अगर अधिक दिनों तक यही हालत रही तो वह मर जाएगी।

मैं अभिभूतं मन से मेम भाभी का वह उन्मादित रूप देखता रहा।

अचानक बाहर से यूसुफ की आवाज सुनाई पड़ी, 'मेम दीदी!'

निमिष-भर में मेम भाभी चकित होकर उठ खड़ी हुई और दरवाजे की ओर कदम बढ़ाती हुई बोली, 'कौन, यूसुफ मियां?'

यूसुफ कमरे के भीतर चला आया। उसके एक हाथ में हैंगर में झुलता हुआ एक नया गाउन था और दूसरे हाथ में गत्ते के डिब्बे में नये जूते थे। उसने

अपनी जेब से एक नकली-मोतियों का हार, नकली हीरे की चूड़ियां और पाउडर, पामेड, हेयरपिन वगैरह कई चीजें निकालकर मेम भाभी के सामने रखीं।

अभी तक मुझे वहीं देख कर यूसूफ दंग रह गया। बहुत ही हिंसक नजरों से मुझे घूरते हुए बोला, 'छोटे कुमार साहब वहुत गुस्सा हो रहे हैं, मेम दीदी, जरा फुर्ती कीजिए। माल-ताल सब तय कर रखा है।'

पता नहीं क्यों मुझे उस व्यक्ति पर बहुत घृणा हो आई। उसका जघन्य गन्दा चेहरा मुझे अपनी नजरों में जहर के समान लगा। मैंने महसूस किया कि अभी इसी वक्त अगर इस व्यक्ति के चंगुल से छुटकारा पा सका तो जान बचेगी, साथ-साथ मेम भाभी को भी मुक्ति मिलेगी।

मैंने कहा, 'यूसूफ, तूम चले जाओ। तुम्हारी मेम दीदी नहीं जाएगी।'

मेरी बात सुनकर यूसुफ जैसे चकित हो गया। बोला, 'नहीं जाएगी?' फिर उसने मेम भाभी की ओर आश्चर्य से देखा।

मैंने फिर कहा, 'हो-हां, नहीं जाएगी।'

मेम भाभी ने तड़पकर मेरी ओर देखा, फिर एकाएक यूसुफ की ओर। मानो उसकी समझ में नहीं आ रहा था क्या कहे। भीतर ही भीतर मानो किसी गहरी पीड़ा से उसका दिल छटपटा रहा था।

मैंने कहा, 'मेम भाभी, तुम नहीं जा सकतीं। मैं तुम्हें किसी हालत में भी नहीं जाने दूंगा, मेम भाभी!'

मेम भाभी क्रुद्ध नागिन के फन की तरह फूत्कार उठी। बोली, 'हां, मैं अवश्य जाऊंगी।'

मैं यह सुनकर अवाक् रह गया। थोड़ी देर पहले ही जो इस कदर रोई थी, जिसने यहां से छुटकारा पाने के लिए इतनी अनुनय-विनय की थी, जिसने इस नरक-कूण्ड से मुक्ति पाने के लिए अभी हाहाकार मचाया था; उसका यह व्यवहार देखकर मेरी बुद्धि जवाब दे गई।

उस वक्त मुझे क्या पता था कि अचंभित और चकित होना मेरा यहीं खत्म नहीं होगा, बल्कि अभी बहुत कुछ बाकी है।

मेम भाभी ने यूसुफ के हाथ से गाउन-जूते वगैरह सब लेते हुए मुझसे कहा, 'अच्छा, अब तू जा।'

मुझे मानो जिद चढ़ गई, अतः कहा, 'नहीं, मैं नहीं जाऊंगा।'

मेम भाभी ने कहा, 'बहुत रात हो चुकी है।'

मैंने कहा, 'होने दो।'

मेम भाभी ने कहा, 'तेरी मां तुझे डांटेगी, तू घर चला जा।'

मैंने कहा, 'नहीं, मैं किसी तरह भी नहीं जाऊंगा।'

मेम भाभी ने कहा, 'जरा सुनूं तो, मैं तेरी लगती क्या हूं?'

यूसुफ इतनी देर से हमारी बात तो सुन रहा था, पर हमारा आपस में सम्पर्क क्या है; यह सूत्र उसकी पहुंच से बाहर था। उसने मेरे बदन पर हाथ डालने के मतलब से जैसे ही कदम बढ़ाया कि आंखें लाल करके मेम भाभी गरज पड़ी, 'यूसुफ. खबरदार! खबरदार!'

यूसुफ चुपचाप जहां का तहां खड़ा रह गया। मेम भाभी ने कहा, मैं कपड़े बदलूंगी, अब तू जा यहां से।'

मैंने कहा, 'नहीं।'

मेम भाभी ने कहा, 'मेरे पास और कोई दूसरा कमरा नहीं है, तू बाहर जाकर खड़ा हो।'

तब भी मैंने यही कहा, 'नहीं, मैं वाहर हर्गिज नहीं जाऊंगा और न ही तुम्हें जाने दूंगा।'

अबकी बार मेम भाभी ने मेरा हाथ पकड़कर मुझे बाहर धकेल दिया। बोली, 'मैं कहती हूं, तू चला जा यहां से।'

मैंने बाधा डालने की कोशिश की, लेकिन मेम भाभी के हाथ का स्पर्श पाते ही महसूस हुआ, मानो मेरे शरीर में बिजली दौड़ गई हो। मेम भाभी क्या सचमुच इतनी कमजोर हो गई है? क्या उसका शरीर इतना क्षय हो चुका है? लगा, मानो एक फूंक मारने से ही उड़ जाएगी, इतनी हलकी हो चुकी है वह। मानो जरा-सी ठेस लगते ही जमीन पर गिर पड़ेगी और फिर उठ नहीं सकेगी। मुझे बहुत दया और करुणा आई उस पर। ऐसा लगा, जैसे मेम भाभी को बहुत दिनों से खाना नहीं मिला हो। पेट भरकर मानो भोजन नहीं खाती, सिर्फ शराब गटकती रहती हो।

अतः उसे बाहर जाने से रोकने की अब मेरी इच्छा न रही। अपमानित होकर धीरे-धीरे सीढ़ियों से नीचे उतर आया। मेम भाभी ने फटाक से दरवाजा

बन्द कर लिया। सहन में पिंजरे में बैठी बतखें पीक-पीक कर उठीं। बगल के कमरे में बैठी लड़कियों ने कदमों की आहट सुनकर एक बार बाहर झांककर देखा, उसके बाद फिर से सिगरेट पीने लगीं।

मैं बाहर सड़क पर निकलकर, मकान की रोशनी और साज-सजावट को पार कर, गैस की रोशनी के नीचे अंधेरे की ओट में खड़ा रहा। कुछ देर से मेम भाभी के मकान के सामने बहुत बड़ी कार खड़ी थी। मैं उसी ओर एकटक देखता रहा।

क्षण-भर बाद देखा, अंधेरे में एक भौतिक नारी-मूर्ति मानो गेट में से निकली हो। मैंने तीखी नजरों से देखा कि गैस की रोशनी के पड़ते ही नकली हीरे चमचम कर उठे। सिल्क का गाउन भी जैसे चमक उठा। मेम भाभी फिर से वैसी ही मोहिनी मूर्ति बन गई थी। रंग, लिपस्टिक, पाउडर वगैरह से वह दुवारा वही सुन्दर-स्वस्थ युवती बन गई थी।

पल-भर बाद कार के पीछे की दोनों लाल बत्तियां जल उठीं। एक सर्र की आवाज हुई और गाड़ी धुआं उगलती हुई पूर्व दिशा की सड़क की ओर चल दी।

हो सकता है, मेम भाभी मेरे जीवन का एक साधारण-सा भग्नांश ही हो। इतने सम्पर्कों, इतनी चिन्ताओं और इतनी समस्याओं से भरे मेरे जीवन में मेम भाभी का क्या महत्त्व है, यह मैंने सहज ही अनुमान लगा लिया था।

उस दिन मेम भाभी के घर से मैं निकल तो आया, पर मेम भाभी को भूल नहीं सकूँगा, यह मुझे मालूम था। घूम-फिरकर रोज शाम के अंधेरे में उसी गली के मोड़ पर जा खड़ा होता और दूर से उस तिमंजिले मकान को टकटकी लगाए देखता रहता। शायद कहीं कोई आभास ही मिल जाए। या कोई इशारा, या कोई इंगित! मेम भाभी के पुराने मकान के सामने से गुजरता तो बार-बार मुड़कर उसे देखता रहता। मानो उस बिल्डिंग के सर्वांग में मेम भाभी के स्पर्श की सुगन्ध अभी तक बसी हुई हो। मानो उस मकान के पास जाने से मेम भाभी का सान्निध्य मिल जाएगा। जिन्होंने केस करके मकान पर अधिकार जमाया है, उन्होंने उस मकान को कभी हाथ तक नहीं लगाया।

जैसा था, वैसा ही पड़ा है। पता नहीं मेरठ या दरभंगा में, कहां तो रहते हैं वे लोग। हो सकता है, वे इसे बेचना चाहते हों। उधर देखते-देखते मैं अपने मन में सोचता कि किसका घर है और कौन भोगेगा, पता नहीं। मझले ताऊजी ने कितने अरमानों से बनाया था यह मकान। खुद अपनी देखरेख में मकान बनवाया था।

एक दिन अचानक ऐसा हुआ कि मैं मेम भाभी के पुराने मकान के सामने से उसे देखते हुए गुजर रहा था, मेरी नजर लेटर-बक्स पर पड़ी। पता नहीं क्यों मुझे बहुत ही उत्सुकता हुई। उसकी फांक में से देखा तो पता चला कि उसमें कितनी ही चिट्ठियां पड़ी हुई हैं। जाने कब के आए हुए थे वे पत्र! मेम भाभी को यह मकान छोड़कर गए हुए कई दिन, बल्कि महीने हो गए थे; पर अभी तक किसीने इनको हाथ नहीं लगाया और न कोई देख पाया। ये पत्र लेने वाला वहां कोई था भी तो नहीं।

उसी दिन रात में मैंने एक लोहे की संडासी लाकर लेटर-बक्स का ताला तोड़ा और समूची चिट्ठियां निकाल लीं।

एक-दो नहीं, बल्कि ढेरों पत्र थे और सब विलायत से आए थे।

उस दिन सारी रात मुझे नींद नहीं आई। रात के दो-तीन बजे तक कुछ का कुछ सोच-सोचकर मैं आकाश-पाताल एक किए दे रहा था कि यह कैसे हो सकता है? यह भला क्योंकर संभव होगा? अभी तक मुझे यही पता था कि मेम भाभी अपने मां-बाप की बहुत लाड़ली इकलौती लड़की है। मेम भाभी के मां-बाप पैसे वाले बड़े आदमी हैं। उनके यहां बहुत ऐश्वर्य और आराम है। वह सबको ठुकराकर, अपनी जन्मभूमि की ममता छोड़कर सिर्फ अलकेश भैया के प्रेम के चलते ही बंगाल देश की बहू बन कर आ गई है। आज तक मैंने यही सब सुना था। पर अब मेरा सब सोचा हुआ गड़बड़ हो गया। मन ही मन सोचा, तो इतने दिनों से मेम भाभी ने क्या मुझे सब कुछ झूठ कहा था? उसकी तमाम बातें धोखे से परिपूर्ण थीं? क्या उनमें कुछ भी सार नहीं था? पलक झपकते ही मेम भाभी के प्रति मेरा प्रेम मूल्यहीन हो गया। वह ऐसी झूठी है! हां, अब पता चला कि मेम भाभी सिर्फ धोखेबाज ही नहीं, बल्कि झूठी भी है। क्षण भर में ही मेरा दिल सूना हो गया। मेम भाभी की धोखेबाजी के कारण आत्मीय

स्वजन, यार-दोस्त सभी मानो मुझे जहर के समान लगे। उस दिन मैं ऑफिस भी नहीं गया और डलहौजी स्क्वायर की बेंच पर बैठे-बैठे समूचा दिन बिता दिया। तालाब के पानी के ऊपर बहुत-से मच्छर इस पार से उस पार चक्कर काट रहे थे। मैं सारे दिन चुपचाप वहीं बैठा रहा।

मेम भाभी के नाम आई चिट्ठियां मेरी पॉकेट में कांटे की तरह चुभने लगीं। एक बार तो गुस्से के मारे सोचा, सारे पत्र टुकड़े-टुकड़े कर पानी में फेंक दूं। अगर सारे सम्बन्ध टूटने हैं तो भले ही टूटें! जब मेम भाभी खुद ही मेरे साथ कोई सम्बन्ध नहीं रखना चाहती, तो फिर मैं ही उससे कैसे सम्बन्ध रखूं? किसी दिन वह अलकेश भैया के घर में विदेश से उसकी बहू बनकर आई थी। बस, इससे अधिक और कुछ नहीं हुआ था। यों भी कितने लोग मेमें ब्याहकर लाते हैं, लेकिन इस देश में आकर बंगालिन कोई नहीं बन सकी। सिर्फ कुछ दिनों तक उन मेमों ने मिल-जुलकर रहने की कोशिश जरूर की थी, लेकिन फिर जब मन हुआ, तभी वापस अपने देश लौट गई। इसी तरह मेम भाभी भी हमारे परिवेश में नहीं रह सकी और उसने अपनी राह चुन ली। वहां मेरी पसन्द-नापसन्द, अच्छा लगना, बुरा लगना आदि कोई महत्त्व नहीं रखता।

पहाड़ के समान वह दिन मैंने किस तरह गुजारा, यह मेरा दिल ही जानता है।

समूचे कलकत्ते को मैंने छान मारा। पर किस रास्ते से जाकर किस रास्ते पर निकला, यह याद नहीं है। ऐसा लगता है, मानो मैंने बार-बार मेम भाभी के घर के चारों ओर ही परिक्रमा की हो। मेम भाभी को मैं जितना भुलाने की कोशिश करता, मुझे लगता वह उतनी अधिक याद आती है।

वह दिन कितना भयानक गुजरा, यह मुझे आज भी अच्छी तरह याद है। अब उस बात पर जरूर हंसी आती है। हंसी आना गलत नहीं है, यह बात आज मैं समझता हूं। लेकिन उस समय उम्र कुछ बड़ी होते हुए भी शायद बुद्धि मेम भाभी के प्रभाव से आच्छादित थी। रात हो गई, तब मैं हारकर थकावट से चूर क्लान्त-सा अपने घर लौट आया।

ऐसा क्या एक ही दिन हुआ था मेरे साथ? नहीं। एक दिन, दो दिन, बल्कि कई दिन, कई शामें पागल की सी हालत में गुजरी हैं। कलकत्ते में सब कुछ पहले की तरह ही ज्यों का त्यों था। कहीं कोई व्यवधान नहीं आया था। ट्राम-बसें अपने नियमानुसार चल रही थीं। लोगों की भीड़ भी फुटपाथ पर रोज की तरह चल रही थी। रात का अंधियारा फैलने के साथ-साथ शहर हलका और पृथ्वी संकीर्ण होती जा रही थी। जिसका जहां आश्रय और ठौर-ठिकाना था, वह वहीं निश्चिन्त होकर विश्राम कर रहा था। पर ओह, मुझे उस समय कैसी जानलेवा पीडा थी, मेरे दिल की कैसी भयंकर हालत हो रही थी! लग रहा था मानो मुझ पर जबर्दस्त प्रहार कर रहा हो। मानो किसी ने मुझसे विश्वासघात किया हो या किसी ने मेरा सर्वस्व अपहरण कर लिया हो। मुझे लगा कि सुलतानगंज के छोटे कुमार साहब मानो मेरे दुश्मन हों, हालांकि छोटे कुमार साहब को मैंने कभी देखा नहीं था। उनके पास अपार धनराशि है और मुझे लगता, उसी दौलत का प्रलोभन देकर मानो किसी ने मेरी अन्तरात्मा निकाल ली हो। अनेक प्रकार के लोगों की भीड़ में शाम के समय मेम भाभी के मोहल्ले में खड़ा-खड़ा मैं देखता रहता। मुझे इतनी भीड़ में कोई देख नहीं सकता था। मैं देखता कि एक कौआ उड़कर आया और मेम भाभी के मकान की मुंडेर पर बैठ गया है। पल-भर उसने इधर-उधर देखा और उसके बाद उड़कर एक दूसरी छत पर चला गया। दीवार की दरार में एक छोटा-सा पौधा उग आया है। ईंट, चना और बाल की दरार से दो-चार हरी पत्तियां। सिर निकाल रही हैं। छत पर बंधे बांस में एक लाल पतंग अटक गई है। पश्चिम दिशा वाली रेलिंग पर एक मैला-सा गाउन, शमीज और पेटीकोटसा कुछ सूखने को डाला हुआ है, आदि-आदि। मुझे यह सब इतना लुभावना लगता, मानो सामने बहुत ही सुन्दर और आश्चर्यजनक दृश्य हो। कौआ, पतंग, पीपल का पौधा, शमीज, पेटीकोट—ये तमाम चीजें मेरी नजरों में अपूर्व-सी हो उठी थीं। मैं वहां चिलचिलाती धूप या घनघोर बरसात में सड़क पर एक जगह खड़ा होकर यह सब देखता रहता।

मैं पत्रों का पुलिन्दा बार-बार पॉकेट से निकालकर देखता और वहीं सड़क पर खड़े-खड़े पढ़े हुए उन पत्रों को फिर से पढ़ता। लेकिन पत्र भी कोई

एक-दो तो थे नहीं!

मोहल्ले के डाकिये से भेंट होती तो मैं पूछता, 'मिसेज नोरा स्मिथ के नाम से कोई पत्र आया है क्या?'

डाकिया अपना बैग टटोलकर कहता, 'नहीं।'

मुझे लगता, अगर और पत्र मिलते तो और अच्छा होता। इन कुछ पत्रों ने ही मानो मुझे मेम भाभी के अधिक नजदीक ला दिया और घनिष्ठ बना दिया। मेम भाभी के नन्हें-मुन्नें भाई-बहनों के लिखे वे पत्र, जिनमें नन्हे-मुन्हे हाथों से लिखे टेढ़े-मेढ़े प्यारे-प्यारे अक्षर थे।

मेम भाभी के बहुत-से भाई-बहन हैं। मेम भाभी के इतने सारे भाईबहन हैं, यह क्या पहले मुझे मालूम था? वे खत पढ़ते-पढ़ते मुझे महसूस होता कि मैं मेम भाभी को और भी नजदीक पा रहा हूं। ऐसा लगता, मानो मेम भाभी अपनी कोई सगी हो। मेम भाभी ने मुझसे जो इतनी झूठी वातें कही थीं, उन पर अब न मुझे क्रोध आता था और न दुःख होता था। न मुझे मेम भाभी के अभाव के वे दिन याद आने लगते जब जाड़े के दिनों में उसे पहनने को गरम कपड़े नहीं मिलते थे, पीने को चाय नहीं मिलती थी एवं हाथ-पैर सेंकने को कोयले तक नहीं जुटे थे। मेम भाभी ने अपने जीवन में क्या कम दुःख सहे हैं?

विन्सेंट स्क्वायर की एक अधकचरी गली में एक बीस वर्षीया लड़की तेरह भाई-बहनों को लेकर एक हाथ से खाना पकाती है और दूसरे हाथ से कपड़ों में साबुन घिसती है। छोटे बच्चों को लोरी गाकर सुलाती है। किसी दिन जब देखती कि घर में खाने को कुछ नहीं तो थैला लेकर बाजार जाती और बीन, आलू, टमाटर, सेम वगैरह चुनकर ले आती। जो सड़ी-गली, कीड़े पड़ी चीजें फेंक दी जातीं, वही सब उठा लाती। आंखें बन्द करते ही मेरी कल्पना-शक्ति मानो देखने लगती कि एक लड़की थैला लेकर घर से बाजार के लिए निकली है। जव और लोग बाजार कर रहे हैं, उस वक्त उसकी नजर सड़क पर जमी हुई है। किसी की डलिया से न जाने कब एक बैंगन गिर गया है, दूकानदार ने पता नहीं देखा है या नहीं; पर उस लड़की की दृष्टि उसी पर है। उसने भीड़-भाड़ में लोगों की नजरें बचाकर चुपचाप उसे थैले में डाल लिया। इस तरह पूरी

गृहस्थी का भार उस छोटी सी लड़की पर ही आ गिरा था।

एक खत में विली ने लिखा था, 'दीदी, अब मैं पब्लिक स्कूल में पास हो गया हूं। डेढ़ सौ पाउंड और भेज देना, अन्यथा मेरी पढ़ाई आगे नहीं चलेगी। मैटिल्ड के जन्मदिन पर तुमने जो तीस शिलिंग भेजे थे, उनसे उसके लिए एक ओवरकोट खरीद लिया है। मम्मी की हालत वैसी ही है। आंखों से बिलकुल दिखाई नहीं पड़ता। सारे दिन चख-चख करती रहती है। उसे अस्पताल से घर भेज दिया गया है। हर महीने उसकी दवा-दारू में तीसचालीस पाउंड खर्च पड़ जाता है। गत मास भेजे गए तुम्हारे पांच सौ पाउंड खर्च हो चुके हैं। अबकी बार कुछ ज्यादा भेजना। अबकी क्रिसमस पर सभी को खिलौने, फ्रॉक और सूट वगैरह खरीदकर देने ही पड़ेंगे।'

बूढ़ी अम्मा बगल के कमरे में पड़ी-पड़ी चिल्लाती रहती है। गले की आवाज ऐसी हो गई है, मानो उल्लू चीख रहा हो। किसी जमाने में मिसेज स्मिथ पर भी यौवन का खुमार था। दिमाग काम करता था। बुद्धि थी। शायद रूप भी बेशुमार था। लेकिन उस पर पूरी तरह से जवानी आने से पहले ही गांव में एक दिन शोर-गुल मच गया। ऐसे वक्त में कौन डॉक्टर को बुलाता और कौन दाई को बुलाता। शहर जाने के बड़े रास्ते में जो सेतु पड़ता है, उसी के नीचे सबकी नजरों की ओट में जो कुछ घटित होना था, वह घट गया। पर तब तक मिसेज स्मिथ का विवाह नहीं हुआ था। शाम का वक्त था, वह धीरे-धीरे चलकर उस सेतु के नीचे पहुंची और एक ईंट का सिरहाना बनाकर लेटी रही। एक गिरगिट बहुत देर से देख रही थी कि एक औरत पड़ी हुई कराह रही है। गिरगिट डर के मारे पीछे खिसक गई और वहीं से देखने लगी। वह औरत. कभी इधर, कभी उधर करवटें बदल रही थी। लग रहा था, मानो अगर वह जोर से चीख सके, तभी उसे सुकून मिल सकेगा। पर उसके बाद तो उस गिरगिट को भी बहुत अचरज हुआ। खून से लथपथ और कीचड़ एवं मिट्टी से सना हुआ गाउन! और एक छोटी-सी नवजात लड़की, जो उस सेतु के नीचे निर्जीवसी पड़ी थी! गिरगिट डर से कांप उठी। अतः उसने और भी दूर के एक गड्ढे में घुसकर पनाह ली। वहां से वह अपनी आंखें फाड़-फाड़कर देखने लगी।

मां ने उस लड़की का नाम रखा—नोरा!

और उस दिन से नोरा की जीवन-कहानी शुरू होती है। पत्थर के एक छोटे-से मेहराब के नीचे जन्म लेकर आज वह फ्री स्कूल स्ट्रीट के एक फ्लैट में रहती है। पर उसके जन्म से लेकर अब तक के बीच का जीवन बड़ा ही विचित्र है।

एक दिन एक पुलिस कांस्टेबल ने अचानक एक लड़की को लाकर कोर्ट में पेश किया।

न्यायाधीश ने प्रश्न किया, 'किस बात का चार्ज है?'

पुलिस ने कहा था, 'धर्मावतार, यह बाजार से साग-सब्जी चुरा रही थी।'

जज ने पूछा, 'इसकी गोद में यह कौन है?'

आसामी ने जवाब दिया, 'हुजूर, यह मेरी लड़की है, पर इसका बाप नहीं है, हुजूर!'

आसामी उस दिन रिहा तो कर दी गई थी, लेकिन कोर्ट की चारदीवारी पार करके बाहर निकलते-निकलते ही नोरा के लिए एक बाप तैयार मिला। वह सड़क पर जूते सिलाई का काम करता था। मां-बेटी को देखकर पता नहीं उसके मन में क्या आया कि आसामी को अपने झोले में से एक जोड़ा पुराना जूता,निकालकर दे दिया। फिर वह उन दोनों को अपने घर ले गया और कहा, 'यह हमारा रसोईघर है, यह डाइनिंग टेबल और यह है बेडरूम।'

कहने का मतलब यह है कि एक कमरे के तीन हिस्से करके तीन कमरों का काम लिया जाता था। उस समय नोरा का नाम पड़ा नोरा असगुड और मां का नाम मिसेज असगुड। फिर एक के बाद एक करके दो भाइयों और एक बहन का और आगमन हुआ। उन तीन भाई-बहनों का बोझ नोरा के ऊपर ही पड़ा।

मिसेज असगुड की शादी का सिलसिला क्या.सिर्फ एक बार की बात थी? कई पतियों को छोड़कर मां ने दूसरे-दूसरे से शादी की और बार-बार नोरा के नाम के साथ अलग उपनाम जुड़ता गया। सिर्फ उपनाम ही क्यों, हर बार घर भी बदलते गए। इन सबके अलावा भाई-बहनों की संख्या भी बढ़ती

गई। अन्त में उपस्थित हुए मिस्टर स्मिथ। नोरा का यह बाप बैण्ड वाले दल में ढोलक बजाने का काम करता था।

नोरा ने छोटे भाई-बहनों को गोद और पीठ पर लाद-लादकर कुछ बड़ा किया नहीं कि एक और आकर हाजिर हो जाता।

नोरा कहती, 'मुझमें और ताकत नहीं, बाबा!'

मां भड़क उठती। कहती, 'फिर तू कर क्या सकती है, जरा बता तो? कहो तो मैं गले में फन्दा डालकर मर जाऊं!'

मेम भाभी ने बताया था, 'बच्चा हुआ मां को और हर बार दशा भोगी मैंने। न मुझे सोने को मिलता, न भूख लगने पर खाना मिलता। जब से मैं जन्मी, तब से मैंने भाई-बहनों को जच्चा-घर से ही दूध पिलापिलाकर बड़ा किया है।'

छोटी बहन मिनी ने एक खत में लिखा है, 'पिछली बार मेरे जन्मदिन पर मुझे कुछ भी नही मिला, अबकी बार मुझे एक ट्राइ-साइकल खरीदकर देनी ही पड़ेगी। मेरे पास तेरह शिलिंग इकट्ठे हो गए हैं। अगर तुम मेरे पास और रुपये भेजो तो मां के नाम से मत भेजना, नहीं तो मां सब ले लेगी।'

मझले भाई हेनरी ने लिखा है, 'दीदी, दर्जी की दूकान में मेरा तीन पाउण्ड का उधार चल रहा है। अब और उधार नहीं देता वह। क्रिसमस पर गैवरडिन का नया सूट बनवाऊंगा। रुपये जरूर भेजना, लेकिन भेजना मेरे नाम से। रुपये आते ही सबके सब भैया ले लेते हैं। हम लोगों को कुछ भी नहीं देते।'

मां कहती, 'इतनी बड़ी धींगड़ी हो गई है, लेकिन एक पैसा भी कमाने का शऊर नहीं है।'

बहुत रात गए जब बैण्ड-मास्टर डगमगाते कदमों से घर लौटता तो सभी तब तक सो चुके होते। मां की भी नींद के मारे नाक बजने लगती। लेकिन नोरा बाप के इन्तजार में जागती रहती।

कभी-कभी शराब के नशे में होश खो देने पर बाप चीख उठता, 'शूगर नहीं है?'

नोरा कहती, 'नहीं।'

बस, तब तो खाना-वाना सब इधर-उधर फेंककर बैण्ड-मास्टर पूरा महाभारत ही मचा देता। चूंकि वह चौथा पति था, अतः नोरा की मां को सभी चीजें स्वयं इन्तजाम करके रखनी पड़ती थीं। डर के मारे उसका दिल धक-धक करने लगता। वह पीछे की खिड़की से भाग जाती। उस वक्त विन्सेंट स्क्वायर की सड़क पर आदमी का नामोनिशान नहीं रहता। सफेदसफेद रुई जैसी बरफ पेड़ों पर जमी रहती। जाड़े के मारे थरथराती हुई वह एक धोबी के भट्ठे के पास छिप जाती।

मां कहती, 'तुमसे कौन शादी करेगा? कोई नहीं करेगा। इतनी बड़ी धींगड़ी जवान ब्याह लायक लड़की होकर भी सड़कों पर मारी-मारी फिरती रहती है। तेरी तकदीर में यही लिखा है।'

डोरा कहती, 'मैं तो इटालियन से शादी करूंगी। वे लोग पत्नी को बहुत प्यार करते हैं। वे लाड़ करना जानते हैं।

नोरा की इच्छा होती, काश, वह भी इटालियन से शादी कर सकती! पति के बारे में की गई कल्पनाओं को कभी-कभी वह साकार करने का प्रयत्न किया करती। सड़क पर चलते समय एकाएक अगर कोई सुनहरे बालों वाला युवक दिखाई दे जाता तो वह वहीं खड़ी रह जाती कि शायद वह इटालियन ही हो। रोम से आया होगा या सिसली से। वह उसका ध्यान अपनी ओर आकर्षित करने के विविध प्रयत्न करती। नीचे गलेवाला ब्लाउज पहनती। फ्रॉक को घुटनों के ऊपर तक उठा लेती।

जब रात को सभी सो जाते तो वह छोटा शीशा बाहर निकालकर अपना मेकअप करती। होंठों को रंग लेती। भौंहों को कलम से और नुकीली करती। फिर फेस-पाउडर मल-मलकर चेहरे को और अधिक लाल कर लेती। वह अपना चेहरा खुद ही बार-बार शीशे में देखती और अपनी सुन्दरता पर आप ही मुग्ध हो जाती। एकाध बार देखकर मानो उसका मन ही नहीं भरता और वह इसी तरह से देख-देखकर खुश होती रहती। अन्त में फटे कपड़े से सब कुछ पोंछकर वह बिस्तर के एक कोने में पड़ जाती। फिर उसे गहरी नींद आ जाती।

डोरा कहती, 'उस घोड़े के सिर पर अगर एक पत्थर मार सको तो एक शिलिंग की शर्त रही।'

बूढ़ा कसाई इन दोनों लड़कियों को दूर से देखते ही दुत्कारने लगता।

कहता, 'चलो, भागो यहां से। हुंह, फिर मांस चुराने आई!'

लेकिन एक दिन उसी लड़की के शरीर की हड्डियों का मांस उभर आया, गालों पर लाली खिल आई और आंखों ने इशारेबाजी सीख ली। सड़क पर चलते लड़के उस पर तानाकशी करते। बाप शराब के नशे में गलती कर बैठता और मां उसे टेढ़ी नजर से देखती। धीरे-धीरे उसकी कमर मोटी होने लगी, पीठ पर मांस चढ़ा और बीचोंबीच एक दरार-सी बन गई। वह चटपट ही एक चंचल चुलबुली किशोरी में बदल गई।

एक दिन मां-बाप दोनों के बीच घमासान झगड़ा हो गया।

मां ने कहा, 'जाओ, निकलो मेरे घर से निकल जाओ!'

और बाप कह रहा था, 'तुम निकल जाओ!'

यह भी किसी महाभारत से कम नहीं था। नोरा ने छिपकर सब कुछ सुना; लेकिन डर के मारे कुछ कहने की हिम्मत नहीं थी उसमें। बाप के सामने निकलने में भी उसे डर लगता था। वह कहीं मार बैठे या किसी तरह की ज्यादती अथवा अत्याचार करे तो...!

इन्हीं हालातों में एक दिन अलक से मुठभेड़ हो गई। अलकेश मित्र! लन्दन में वकालत पढ़ने गया था। पिता रूई के व्यापारी थे। इंडिया में बड़ा-सा अपना मकान था। उनके यहां चार कारें थीं। अगर उसकी पत्नी बनकर वह इण्डिया चली जाए तो बस, फिर उसे किसी बात की तकलीफ नहीं रहेगी। कोई भी कुछ काम करने को नहीं कहेगा। सिर्फ बैठे-बैठे आराम करो। पैरों पर पैर रखकर किताब पढ़ो। लेकिन भाई-बहनों को कौन संभालेगा? अन्धी मां की देखभाल कौन करेगा? बाप के बारे में तो कोई चिन्ता ही नहीं। उस वक्त बैंड-मास्टर स्मिथ जेल में था।

अलकेश भैया ने सभी से कहा, 'मेरे पिता के पास चार लाख रुपए हैं। रूई के व्यापार में मेरे पिताजी ने बहुत रुपये कमा लिए हैं। मेरे पिताजी इण्डिया के कॉटन-किंग हैं।'

ये सब बातें आज से बहुत साल पहले की हैं, हालाकि ये सब मेरे जानने की बातें नहीं थीं। मेम भाभी का ऐसा रूपा मैं जानता भी नहीं था। लेकिन

मेम भाभी के नाम उन कुछ पत्रों को पढ़कर मैं मेम भाभी को नई तरह से देखने लगा था। उसने कितनी तरह से मुझसे झूठ कहा और कितनी सारी बातें उलटी बताई हैं। जेब में वे सारे खत ठुसे।मैं पागलों की तरह मेम भाभी से मुलाकात करने को घूम रहा था।

इसी बीच उस दिन यूसुफ से मेरी भेंट हो गई।

'शायद उसने मुझे पहचाना नहीं। मैं सड़क पर जा रहा था। अचानक लगा कि पीछेवाला लुंगी पहने आदमी पता नहीं क्या बड़बड़ाता हुआ मेरे पीछे से आ रहा है। पलटकर देखा तो यूसुफ था।

यूसुफ ने कहा, 'असली विलायती चीज है, 'बाबूजी! खास लंदन से आई है। बिल्कुल अनछुई है।'

मुझे उस व्यक्ति पर बहुत ही घृणा आई। पहले तो सोचा कि उसे अधिक छूट न दूं। उन लोगों का वही घृणित पेशा है। लेकिन पाकेट में हाथ जाते ही उन चिट्ठियों की याद आई।

मुझे याद आया कि विली ने लिखा है, 'दीदी, इस बार क्रिसमस पर पांच सौ पाउंड और भेजना। इस बार मैटिल्ड के जन्मदिन पर एक ओवरकोट खरीद लिया है। मम्मी की हालत वैसी ही है। एकदम से अन्धी हो गई है। कुछ भी दिखाई नहीं पड़ता। सारे दिन चख-चख करती रहती है। तुम रुपये जरूर भेजना।'

यूसुफ ने फिर कहा, 'असली विलायती चीज है, बाबूजी! खास विलायत से आई है।

मैंने जब अच्छी तरह परख लिया कि वह मुझे नहीं पहचान पाया है और मुझे शिकार समझकर फांस रहा है तो फिर मैंने भी उसकी गलती सुधारने की कोशिश नहीं की। वह नई चीज के गुणों का बखान करता हुआ मेरे साथ-साथ चलने लगा। बहुत-सी सड़कें पार करके हम उस गली में पहुंच गए, जिसमें मेम भाभी रहती थी। मैंने देखा, हम दोनों बिल्कुल मेम भाभी के मकान के सामने खड़े हैं।

मेम भाभी ने कहा था, 'ये लोग मेरे खून के एक-एक कतरे तक का सौदा करते हैं, मालूम है तुझे? तू मुझे इनके हाथों से बचा ले, भई!'

फिर बोली थी, 'यह देख, मेरे शरीर में अब कहीं भी खून नहीं बचा है।

डॉक्टर बैसाख का कहना है कि अगर यही सिलसिला चालू रहा तो मैं अधिक नहीं जिऊंगी।'

नशे में चूर होकर होशोहवाश खो देनेवाले आदमी की क्या हालत होती है, यह मुझे नहीं मालूम, क्योंकि मैंने कभी नशा नहीं किया; लेकिन फिर भी मैंने महसूस किया कि मेम भाभी को शायद किसी प्रकार का नशा करने की आदत है और वह उसी नशे में चारों ओर से बुरी तरह घिर चुकी है। शायद लौकिक सम्पर्क द्वारा उस नशे के चंगुल से उसे मुक्त कराना सम्भव नहीं। कितने ही दिनों तक मैं अपना लिखना-पढ़ना छोड़कर, अपने आत्मीय स्वजनों को भूलकर, एक अनात्मीय और विदेशी नारी के मोह में, जिससे मेरा कोई सम्पर्क नहीं था, रात-दिन चक्कर काटता रहा। यों मैंने अपने मन को समझाने की बहुत कोशिश की है कि मेम भाभी मेरी कुछ नहीं लगती; माना कि अलकेश भैया के मरने से पहले वह मेरी कुछ नहीं लगती थी, पर अब उससे मेरा कोई नाता नहीं; मेम भाभी ने अपने-आप अपना स्वाभाविक पथ ढूंढ निकाला है; यही स्वाभाविक है और यही मेम भाभी का असली रूप है; लेकिन मानव-मन को समझा लेना यदि इतना ही सहज होता तो फिर चिन्ता किस बात की थी?

यही कारण था कि अपनी आंखों को बन्द करते ही मेरे मन की आंखें स्पष्ट देख लेती कि जिंदगी की समस्याओं का समाधान खोजने के लिए लंदन की सड़क पर दो लड़कियां घूम रही हैं। सड़क पर चलते-चलते उन्हें कैसी पोशाकें पसन्द हैं, कैसा पति पसन्द है, कैसे जूते पसन्द हैं; बस, यही बातें उनके दिमाग में चक्कर काटती रहतीं।

डोरा कहती, 'वह देख, वे जूते बहुत पसंद हैं।'

नोरा कहती, 'धत्, उसका स्ट्रेप तो बहुत मोटा है।'

डोरा पूछती, 'तुझे मोटर में बैठना अच्छा लगता है या साइकल पर?'

नोरा कहती, 'इधर देख, इस मोजे पर कीमत लिखी है, सात शिलिंग। कोई भला आदमी क्या खरीद सकता है इतना महंगा?'

बस, दुनिया-भर की चीजें देखते फिरना और पसंद करना,यही उनका खेल था। चाहे मुट्ठी में कुछ रहे या न रहे, अपने पास पैसा हो या न हो;

लेकिन पसन्द-नापसन्द करने का अधिकार तो एक भिखारी को भी है। पांच सौ पाउंड भला तुम्हें कौन दे रहा है? कौन ऐसा राजकुमार तुम्हारे इन्तजार में बैठा है, जो देखते ही तुम्हारे गले में वरमाला डाल देगा? तुम्हारे तेरह भाई-बहन हैं, जिनके फटे कपड़ों में साबुन घिसते-घिसते. तुम्हारे हाथों में छाले भले ही पड़ जाएं, लेकिन स्वप्न ही देखना है तो फिर एक पैसे का क्यों देखें, लाख रुपयों का स्वप्न देखेंगे न! अगर सपने में खाना ही खाना है तो फिर नमकवाला बासी भात भला क्यों खाएंगे, खाना तो पुलाववाला ही खाएंगे न!

'मेम भाभी ने बताया था, 'और जब अलक को मैंने देखा तो सोचा, इटालियन पति न सही इण्डियन कॉटन-प्रिंस तो पा ही लिया।'

मेम भाभी ने आगे बताया था, 'जब मैं जहाज पर चढ़ने लगी तो डोरा आई थी हमें विदा करने। तब तक उसकी शादी नहीं हुई थी। मैंने अपने मन में सोचा कि बाजी मेरे हाथ ही रही। इण्डिया पहुंचते ही मैं रानी बन जाऊंगी। रानी साहिबा बनूंगी।'

मेम भाभी ने यह भी कहा था, 'मैंने इण्डिया पहुंचते ही डोरा को खत लिखा था। मैंने उसमें लिखा था कि यहां सभी मुझे रानी साहिबा कहकर पुकारते हैं। मैं बहुत बड़े पैलेस में रहती हूं और हर रोज पार्टी देती हूं। उस पार्टी में सोने-चांदी के काम की पोशाकें पहने राजा-महाराजा आते हैं जो मेरे सामने घुटनों के बल बैठकर मेरा माथा चूमते हैं।'

अब इतने दिनों के बाद ये सब बातें सोचकर मुझे अच्छा नहीं लगता है, क्योंकि अब कभी भी और कहीं भी मेम भाभी से साक्षात्कार होने का मुझे डर नहीं है। लेकिन एक लड़की के बड़े-बड़े अरमान कितनी दूर तक और किस कदर उतर सकते हैं, इसका उदाहरण मेम भाभी थी।

उससे सभी कहा करते थे, 'इतना घमण्ड अच्छा नहीं।'

जिसके पास पहनने को सिल्क का एक गाउन तक नहीं है, उसका दिमाग! मोहल्ले के जो लड़के उस पर व्यंग्य कसते, जो चोरी-छिपे उससे मिलना चाहते, जो उससे शादी करने को उत्सुक रहते; उन्हीं की इतनी उपेक्षा करना क्या उचित था? जार्जी ड्राईक्लीनिंग में धोबी का काम किया करता था।

उससे अगर वह शादी कर लेती तो शायद मां की तरह उसे भी लड़के-बच्चों की एक गृहस्थी चलानी पड़ती। और एक था मार्टिन। वह मछली का व्यापार करता था। पर उससे तो उसके अरमान पूरे नहीं होते।

मुझे अच्छी तरह याद है कि आबू पहाड़ पर ऊंचे पैलेस में बैठकर मेम भाभी ने कहा था, 'मुझे कोई भी पसन्द नहीं आता था, भई! मैं हमेशा यही सोचती कि मैं जिस स्तर की हूं, उससे ऊंची उठूं। मां की हालत मैं देख चुकी थी। एक के बाद एक शादियां की और अन्त में सिर धुनकर रोती रही। इसीलिए मुझे लगता, अगर मेरी भी यही हालत हुई तो... !' कहते-कहते मेम भाभी की आंखों से झर-झर आंसू बहने लगे।

वह आगे बोली थी, 'अलक ने मुझे जो कुछ दिया, उसने जितने भी रुपये मेरे हाथ में रखे; मैंने सब अपने देश भेज दिए। उन्हें लिखा कि मेरे पास रुपयों की कोई कमी नहीं। तुम लोगों को जितने रुपयों की जरूरत है, सब मैं भेज दूंगी। अब मैं रानी साहिबा बन गई हूं। मैं बहुत ठाठ से रहती हूं। मेरे पास अगाध ऐश्वर्य है, किसी तरह का अभाव नहीं। अब मैं सोने के थाल में डिनर खाती हूं और चांदी की कटोरी में करी।'

मैंने पूछा, 'इतने रुपयों की उन्हें आवश्यकता किसलिए पड़ती थी?'

मेम भाभी ने बायें हाथ की उंगलियों से चूंघट को थोड़ा-सा सरकाकर मुझे बताया था, 'मेरे तेरह भाई-बहन थे। उनको क्या लायक नहीं बनाना.. था? मुझे हमेशा यही चिन्ता रहती कि कहीं वे भी मेरी ही तरह मुसीबतों में न फंसें। मैं चाहती थी कि उन्हें गरम खाना मिले, आलू की सब्जी खाने को मिले। उन लोगों को गन्दी बस्ती में न रहना पड़े, बल्कि वे किसी आलीशान बंगले के शीतताप-नियन्त्रित कमरे की गरमाई फिजां में बैठकर अपना शरीर गर्म रख सकें और जाड़े के दिनों में पांव में गर्म मोजे पहन सकें। बस, मुझे हमेशा यही चिन्ताएं रहती थीं।

मेम भाभी ने आगे बताया था, 'मेरे रुपयों के सहारे ही उन लोगों ने एक बड़ा-सा मकान किराए पर ले लिया है। सभी बहन-भाइयों का स्कूल में दाखिला हो गया है। मझले भाई हेनरी ने साइकल खरीद ली। क्रिसमस के दिनों में सभी को केक मयस्सर हुआ और मां का शरीर नये तौर पर फिर से

स्वस्थ हो गया। भाई-बहन आवारा होने से बच गए।'

मैंने कहा, 'मेम भाभी, यह सब तुम्हारी मनगढन्त कहानी तो नहीं?'

मेम भाभी ने कहा, 'मैंने जो कुछ किया, सब उन्हीं लोगों की सुख-सुविधा को ध्यान में रखते हुए किया था। उस वक्त मेरे हाथ में एक भी पैसा नहीं था और मैं फ्री स्कूल स्ट्रीट की गन्दी बस्ती में एक गन्दा-सा फ्लैट लेकर रहती थी, और खुद को यूसुफ एवं अब्दुल के हाथों में सौंप दिया था। डॉक्टर बैसाख के काफी कहने पर भी मैंने अपने लिए दवा खरीदकर एक पैसा भी व्यर्थ नहीं गंवाया। यहां तक कि मैंने अपने लिए गाउन तक नहीं खरीदा और किराये पर लेकर काम चलाती रही। यह सब मैंने किसके लिए किया, जरा बताओ तो? उन्हीं लोगों की भलाई की चिन्ता के मारे न?'

मैंने कहा, 'नहीं, उन लोगों की चिन्ता के कारण नहीं, बल्कि...।'

मोटे गद्देदार सोफे पर अपने गहने, साड़ी और चुनरी के भार से दबी मेम भाभी मेरी बात सुनकर अचरज में डूब गई। बोली, 'उनके लिए यह सब नहीं किया तो और भला किसके लिए किया?'

मैंने कहा, 'तुमने सब कुछ खुद अपने लिए किया है। तुम स्वार्थी हो। तुमने अपनी ही स्वार्थपरतावश यह सब किया है।'

मेम भाभी को बहुत ताज्जुब हुआ, मानो उसने ऐसी असम्भव बात आज तक नहीं सुनी थी। मानो अपने मन के अन्दर उसने कभी भी झांककर नहीं देखा था। सचमुच ऐसा लगा मानो मेम भाभी अपने जीवन में अभी ही ठहरी हो, स्थिर हो सकी हो। मानो यही पहला मौका है, जब उसके दिल को सुकून मिला है, अन्यथा इतने दिनों तक वह बस, मृगतृष्णा के पीछे दौड़ती रही। पत्थरों के मेहराब के नीचे अपना घृणित जन्म लेकर उसने उसी दिन से दौड़ना शुरू किया था। उसे मोची की लड़की, धोबी की लड़की, फेरी वाले की लड़की और कभी बैण्ड-मास्टर की लड़की बनकर पता नहीं कहां-कहां दौड़ना पड़ा है! कितना लम्बा सफर! यहां भी नहीं, वहां भी नहीं। चलो, कहीं दूसरी जगह, जहां सुख-शान्ति से भरपूर स्वाभाविक वातावरण मिले। जहां जाने पर कोई अस्वाभाविक मृत्यु पीछे से काट खाने को न दौड़े। एक ऐसी गृहस्थी की चाह, जहां पत्नी पति पर श्रद्धा करती है

और पति पत्नी को प्यार। एक ऐसे परिवेश की कामना, जहां सन्तान का जन्म अभिशाप न बनकर उत्सव एवं आनन्द से भरा-पूरा हो; जहां बेटे बेटी को ईश्वर का आशीर्वाद मानकर ग्रहण किया जाता हो। इसीलिए तो शो-केस में रखे मोजे देखकर उसके दिल ने एक ठण्डी सांस ली थी, कीमती कार के मालिकों को अपनी ओर आकर्षित करने की कोशिश की थी और रूप एवं यौवन द्वारा दौलतमन्द पुरुषों को प्रलोभित करना चाहा था। वह दिन पर दिन अपने से ही घृणा करना सीखती रही। धोबी का लड़का जॉर्जी या मछली के दुकानदार का लड़का मार्टिन, वे सब उसीके समगोत्री थे। उनसे भला वह कब तक पीछा छुड़ाती? इसीलिए तो लन्दन की सड़कों पर कपोलकल्पित कहानियों के राजकुमार की तलाश में वह भटकती रहती और मन ही मन कल्पित पैलेस के स्वप्न देखती रहती।

मैंने कहा, 'तुमने भाई-बहनों के लिए जो रुपये भेजे, वह भी एक तरह से तुम्हारी स्वार्थपरता ही थी।'

मेम भाभी ने कहना शुरू किया, 'अरे, मैंने सिर्फ थोड़े-से रुपये ही उन्हें भेजे हैं, भला? अलक मुझे जितने भी रुपये देता था, उनमें से मैं अपने लिए कुछ भी बचाकर नहीं रखती थी। अलक मुझे कुछ नहीं कहता था। वह मुझे इतना चाहता था कि क्या बताऊं? पर किसे पता था कि अचानक एक दिन ऐसी दुर्घटना घट जाएगी?'

क्षण भर रुककर वह फिर वोली, और जब मैंने होटल के बार में पहुंचकर अपने शरीर का कारोबार शुरू किया, तब तो रुपयों का अम्बार लग गया था। 'नेवी' एवं 'आर्मी' के लोगों ने मुझे रुपयों में डुबो दिया था। पर उन रुपयों में से अपने लिए कुछ खर्च करने की सोचते ही मेरे दिल पर छुरियां-सी चलतीं।'

मैंने कहा, 'लेकिन तुमने यह सब किसके लिए किया मेम भाभी, सच-मुच बताना; नहीं तो तुम्हें पाप लगेगा?'

मेम भाभी चकित-सी रह गई। बोली, 'तो क्या इसे भी तुम मेरी स्वार्थपरता ही कहना चाहते हो?'

मैंने कहा, 'अवश्य! तुमने अपने भाई-बहनों, पास-पड़ोसियों, बन्धु-

बान्धवों को यह जताना चाहा है कि तुम वहुत पैसे वाली हो। तुम्हारे पास अपार धन है। तुम रानी हो, नहीं रानीसाहिबा हो।'

मेरी बात सुनकर मेम भाभी गुमसुम होकर बैठ गई। बहुत देर तक वह कुछ भी नहीं बोल सकी। बाहर से सन-सेट पॉयंट से सूर्य की रोशनी सीधी आकर हवामहल पर पड़ रही थी।

मेम भाभी ने कहा, 'मेरे सारे गुण भी अब तो अवगुण बन गए-से दीखते हैं। मैंने रातों जग-जगकर अपने शरीर पर कितना अत्याचार किया है! मेरे पास जो भी आया, मैंने किसी को निराश नहीं लौटाया। आधी रात के समय भी अगर यूसुफ ने आकर मुझसे कहा कि कोई महाराजा आए हैं तो मैं उसी वक्त हंसमुख चेहरा लिए उनकी कार में जा बैठी हूं। मैं सोचती कि यह मैं अपने स्वार्थ के लिए तो कर नहीं रही हूं, बल्कि भाई-बहनों की सुख-सुविधा के लिए ही कर रही हूं; अतः इसमें कोई हर्ज नहीं है।

मैंने कहा, 'यह मुझे पता है, मेम भाभी!'

मेम भाभी ने कहा, 'तू भला क्या जानता है? और जितना जानता है, उससे अधिक जानना तेरे लिए संभव भी कैसे होता?'

मैंने कहा, 'फिर भी मुझे जो मालूम है, वह शायद तुम्हें भी पता नहीं। जैसे, मैं कितने ही दिनों तक तुम्हारे मकान के सामने चक्कर लगाता रहा हूं। तुम्हारे फ्लैट की ईंटों में एक पीपल का पौधा उग आया है। एक बार फ्लैट की छत पर एक कौआ उड़कर आ बैठा था। तुम्हारे मकान की रेलिंग पर भीगा पेटीकोट सूख रहा था। मैं ऑफिस से छुट्टी लेकर सिर्फ उस तरफ मुंह बाएं खड़ा एकटक देखता रहता।'

मेम भाभी ने कहा, 'मुझे क्यों नहीं बताया?'

मैंने कहा, 'तब क्या तुम्हारा स्वभाव ऐसा था, मेम भाभी? एक दिन तो तुम्हारे यूसुफ ने मुझे रास्ते में पकड़ लिया और 'नई चीज है, विलायत से ताजा आई है' कहते-कहते मेरे पीछे चलने लगा।'

मेम भाभी को बहुत हंसी आई। बोली, 'फिर?'

'मुझे शक हुआ कि वह शायद तुम्हारे बारे में ही कह रहा है, तुम्हारी ही खूबसूरती का वर्णन कर रहा है। यानी वह तुम्हारा दलाल है। तुम्हें देखने

का लालच हो आया मन में। उन दिनों पता नहीं क्यों, तुम्हें देखने की इतनी लालसा रहती थी मेरे मन में कि क्या बताऊं!'

मेम भाभी को मेरी बातों पर शायद यकीन नहीं आया। बोली, 'सच, मुझे देखने की तुम्हें इतनी इच्छा रहती थी? पर अगर तुम्हें सचमुच इतनी इच्छा होती थी, तो मेरे पास तुम आ भी तो सकते थे। कौन रोक रहा था तुम्हें?'

मैंने कहा, 'यह समझना तुम्हारे वश की बात नहीं है, मेम भाभी! तुम मध्यवर्गीय परिवार में एक लजीला लड़का बनकर तो जन्मी नहीं हो! मुझे अपने मन की बात कह पाने के लिए कोई नहीं मिलता। अपनी बात मैं पिताजी से भी नहीं कह सकता। उन दिनों मेरे खास यार-दोस्त भी नहीं थे। जिस वक्त अलकेश भैया तुम्हें ब्याहकर लाए उस वक्त सभी ने तुम पर कितने व्यंग्य कसे थे; वे शायद आज भी तुम्हारे कानों तक नहीं पहुंचे। वे सब शूल की तर मेरे दिल में चुभे हुए हैं। लड़कपन की उस उम्र में मैंने जी-जान से किसी को चाहा है तो वह सिर्फ तुम्हें।'

लगा कि मेम भाभी को मानो यह नई बात मालूम हुई हो। अचरज भी उसे कम नहीं हुआ। बोली, 'सच! यह बात थी! मुझसे तो कभी नहीं कहा तूने?'

मैंने कहा, 'किसी से प्रेम करना क्या जुबान से कहने की चीज है?'

फिर मैंने पूछा, 'मैं तुम्हारे पैरों में महावर रचाया करता था, याद है तुम्हें?'

मेम भाभी को कुछ भी याद नहीं था। बोली, 'कब?'

मैंने कहा, 'हां, यह बात तो तुम्हारे याद रहने लायक है नहीं, मेम भाभी! कितनी ही देर तक तुम्हारे युगल चरणों को मैं गोद में रखे बैठा रहता था। बस, मैं हरदम सोचता रहता था कि यह महावर लगाना मेरे जीवन में कभी खत्म न हो।'

मैंने फिर कहा, 'मेम भाभी, मुझे वे सारी बातें अच्छी तरह याद हैं। मैं कुछ भी नहीं भूला हूं।'

मेम भाभी ने कहा, 'मुझे क्योंकर याद रहती, तू ही बता! इण्डिया में तो उस वक्त सभी से यही कहती थी कि लन्दन में हम लोग पैसे वाले हैं।

हमारे यहां कार है। और लन्दन भेजे गए पत्रों में मैं यही लिखती कि यहां मैं बहुत ही सुख में हैं। फिर ऐसे में तेरी बात सोचने की भला मुझे फुरसत ही कैसे होती?'

'जिस दिन तुम घर छोडकर चली गई, तो किसी से कहकर भी नहीं गईं! उस दिन मैं क्या कम रोया था?'

मेम भाभी ने पूछा, 'रोया था? पर उस समय तो तू बहुत छोटा था, रे!'

मैंने कहा, 'छोटा था तो क्या हुआ? मैं तुम्हें अपनी मां से भी अधिक प्यार करता था। मैं सोचता कि जिस तरह मेरी मां मुझे लाड़-प्यार करती है, अगर उसी तरह तुम भी लाड़ से मेरे गाल चूमतीं तो मुझे कितना अच्छा लगता!'

मेम भाभी ने एक सिगरेट सुलगाई। सोने की पाइप में लगी सफेद सिगरेट के मुंह पर आग चमक उठी। वह आग मेम भाभी के कानों के हीरे के झुमकों और नाक की हीरे की कील में भी जगमगा उठी। दूर किसी गिर्जाघर की घड़ी में टन्-टन् करके कई बार घण्टे बज उठे। सामने रखे पेग में से मेम भाभी ने एक घुट लिया।

सिगरेट का धुआं उड़ाते हुए वह बोली, 'तूने तो मुझे अचरज में डाल दिया। तू मुझे इतना चाहता था? पर उस वक्त तेरी उम्र ही क्या थी?'

मैंने कहा, 'क्या तुम सोचती हो कि छोटे बच्चे कुछ समझते ही नहीं हैं? तुम समझती हो कि अलकेश भैया जब तुम्हारा चुम्बन लेते थे तो मैं कुछ समझता ही नहीं था?'

मेम भाभी ने कहा, 'ताज्जुब है!'

मैंने कहा, 'तुम भले ही चकित हो, मेम भाभी, पर मैं चकित नहीं होता। मैं सिर्फ उस दिन चकित हुआ था, जब अलकेश भैया के मर जाने पर तुम विलायत नहीं लौट गई थीं और कलकत्ते में उसी मकान से चिपकी पड़ी रहीं। विधवा का परिवेश ओढ़ा और एकादशी एवं पूर्णिमा के व्रत रखने लगीं। कोरे सफेद वस्त्र पहने, मांग का सिंदूर णेंछ डाला और बाल छोटे-छोटे छंटवा डाले।'

मेम भाभी ने पेग में से फिर एक घूंट लिया और बोली, 'जानते हो, उस

वक्त मेरे मन में बहुत अहंकार था।'

मुझे बहुत अचरज हुआ। मैंने पूछा, 'अहंकार था?'

मेम भाभी ने कहा, 'हां, और अब भी है। अभी भी किसी से हार मान लेने में मेरा सिर फट जाता है। इसीलिए तो लन्दन में डोरा से सिर्फ शर्ते लगाया करती थी। पास-पड़ोसियों के सामने अपनी गरीबी की हालत प्रकट हो जाने से उस लज्जा को मैं बरदाश्त नहीं कर पाती थी। यही कारण है कि मैं अपनी मर्जी से इण्डिया चली आई।'

मैंने पूछा, 'पर अलकेश भैया को तुम कैसे बरदाश्त कर सकी, मेम भाभी, जबकि अलकेश भैया ने तुम्हें धोखा दिया था?'

मेम भाभी ने कहा, 'नहीं रे, अलक ने मुझे धोखा नहीं दिया, बल्कि मैंने ही अलक को धोखा दिया था।'

मुझे आश्चर्य हआ। मैंने पूछा, 'यह क्या कहती हो तुम? अलकेश भैया ने ही तो अपना परिचय एक बहुत बड़े आदमी के रूप में दिया था। उसने तुमसे कहा था कि उसके पिता कॉटन-किंग हैं।'

मेम भाभी ने कहा, 'नहीं।'

मैंने पूछा, 'तो फिर?'

मेम भाभी ने कहा, 'अलक ने मुझसे अपनी असली हालत ही बताई थी कि वह नितान्त मध्यवर्गीय परिवार का लड़का है और वकालत पास करके अगर अच्छी नौकरी नहीं मिली तो उसे बहत तकलीफ होगी। उसने यह भी कहा था कि मेम ब्याह कर ले जाने से उसके मां-बाप के मन में बहुत तकलीफ होगी। अलक बहुत सीधा लड़का था। मुझसे उसने कोई बात छिपाकर नहीं रखी थी।

मैंने पूछा, 'यह क्या कह रही हो, मेम भाभी? क्या सचमुच ही अलकेश भैया ने तुम्हें नहीं ठगा था?'

मेम भाभी ने सगरेट का एक कश और लगाते हुए कहा, 'हां, सच. मुच उसने मुझे नहीं ठगा, दरअसल मैंने ही उसे ठग लिया था। सच्ची बात तो यह है कि मैं खुद सभी के सामने उसको खूब पैसे वाले के रूप में प्रमाणित करना चाहती थी। मैंने ही सबसे कहा था कि उसके पिता कॉटन-किंग हैं

और वह कॉटन-प्रिंस है। मैंने ही सबसे कहा था कि मैं इण्डिया में जाकर रानी बनूंगी।'

मेम भाभी की बातें मुझे दुनिया का सातवां आश्चर्य-सी लग रही थीं।

मैंने पूछा, 'पर यह सब क्यों किया तुमने?'

मेम भाभी ने कहा, 'बताया न कि मैं सभी से घृणा करती थी। मेरे चारों ओर जो भी दीखते रहते उन सबसे मुझे बेहद घृणा थी। अपनी मां, पिताजी और भाई-बहन सभी से।'

'भाई-बहनों से भी? जिनको तुम इतने रुपये भेजती रही हो अब तक?'

मेम भाभी ने कहा, 'हां। उनका कसूर था कि वे गरीब क्यों हुए? उनके पास रुपये क्यों नहीं हैं? वे किसलिए पढ़ना-लिखना नहीं सीख सकते और बस्ती में इतने गन्दे होकर क्यों पड़े हैं? और मैं...? अपनेआपसे भी मैंने कम घृणा नहीं की है।'

मैं चुपचाप बैठा रहा। आबू पहाड़ की ठंडी हवा शरीर को छू रही रही थी। फतेहगढ़ के बड़े महाराज के प्रासाद-प्रांगण में बैठकर सुनी हुई वे बातें मानो आज भी मेरे कान सुन रहे हैं। जिस मनुष्य को बचपन ही से सबसे घृणा मिली हो और जिसने स्वयं भी सबसे घृणा की हो, उसका ऐसा घृणित जीवनयापन करना अब मेरे लिए कोई अचरज की बात नहीं रही। उस दिन मानो पहली बार मेम भाभी को मनं से क्षमा कर पाया। मेम भाभी जल्दी-जल्दी पेग से घूंट भर रही थी और ऐसा लगता था, मानो अपनी समस्त पीड़ा और यंत्रणा की आग को जला-भुनाकर राख कर देना चाहती थी।

मेम भाभी ने आगे कहना शुरू किया, 'मेरे मन की जब ऐसी हालत थी, तभी मेरे जीवन में अलक आया। इटालियन नहीं, इण्डियन! अलक ने मुझसे कहा भी :नोरा, तुम्हें मुझसे शादी करके बहुत मुसीबतों का सामना करना पड़ेगा।

'मैंने कहा था : अलक, अगर तुमसे शादी नहीं की तो मुझे और अधिक मुसीवतें उठानी पड़ेंगी। मैं लंदन छोड़कर बहुत दूर चली जाना चाहती हूं। मुझे तुम खाना मत देना, पहनने को मत देना, लेकिन सिर्फ अपने साथ ले चलो।

'अलक ने कहा था : पिताजी के मन में बहुत दुःख होगा। मुझपर उनकी बहत बड़ी-बड़ी उम्मीदें बंधी हैं।

'मैंने कहा था : तुम मुझे जो कुछ करने को कहोगे, मैं वही करूंगी। मैं हिन्दू घराने की बहू बनकर रह लूंगी। जिस तरह तुम लोगों के घर की बहुएं रहती हैं, मैं भी वैसी ही रहूंगी। लेकिन यहां मैं अब अधिक नहीं रह पाऊंगी। किसी तरह मुझे बचा लो तुम।

'पार्क की बेंच पर बैठकर मैंने अलक को बहुत तरह से समझाया था। मेरे घर का वातावरण मुझे जहर-सा लगता। घर की बात याद आते ही मन प्राण एकदम विषैले-से हो उठते। भाई चोर बन गए थे। बहनें बड़ी होकर मुझ जैसी बन जाएंगी, सोचकर रातों को नींद नहीं आती थी। इन सबके बावजूद, मैं वही सड़कों पर मारी-मारी फिरती और शो-केस की चीजें देखती रहती एवं रात को सोने से पहले इटालियन युवक का सपना देखती। यही मेरी रोजमर्रा की रूटीन थी।'

मैं बहुत देर से मेम भाभी की बातें सुन रहा था। मैंने अब मुंह खोला और कहा 'तुम तो सुन्दर लड़की थीं! तुम्हें शादी की इतनी क्या फिक्र थी?'

मेम भाभी ने कहा, 'हमारे देश में गरीब का कोई मोल नहीं, चाहे वह कितना ही खूबसूरत क्यों न हो। मैंने अलक से कहा था कि मैं धनी आदमी के रूप में तुम्हारा प्रचार करूंगी, इससे तुम इकार मत करना।

'अलक ने कहा था, पर मैं सचमुच पैसेवाला नहीं हूं। मेरे पास एक भी मोटरकार नहीं है। रहने लायक सिर्फ एक मकान है, वह भी एक गली में।'

' मैंने कहा था, ठीक है, गली में है तो रहने दो; पर मेरी बात तुम टाल नहीं सकते।

'और तभी से अलक प्रिंस बन गया और उसके पिता बन गए कॉटन-किंग। अलंक की चार-चार गाड़ियां हो गईं। इण्डिया में बहुत बड़ा पैलेस बन गया। मैंने अलक के साथ नाटक, सिनेमा और डांसों में जाना शुरू कर दिया। मेरे शरीर पर सिल्क का गाउन सुशोभित रहने लगा। मैं

इण्डिया की रानी यानी कि रानी साहिबा बन गई। सभी मुझसे ईर्ष्या करने लगे। मेरे मां-पिताजी, पास-पड़ोसियों को, उनसे भी बढ़कर डोरा को बड़ी ईर्ष्या होती थी। ओह, उस समय मुझे कितना आनन्द आता था, तुम्हें क्या बताऊं?'

मैंने कहा, 'यह सब मुझे मालूम है।'

मेम भाभी ने पेग को मेज पर रखा और बोली, 'तू सब कुछ जानता है? लेकिन तुझे कैसे मालूम हुआ?'

मैंने कहा, 'ये लो तुम्हारे पत्र।'

'ये पत्र तुम्हें कहां से मिले?'

मैंने कहा, 'मैंने सारे पत्र पढ़ लिए हैं। इतने दिनों तक तुमने मुझसे झूठ कहा, मुझे धोखा दिया; यह सब मैंने ये पत्र पढ़कर ही जाना है। मुझे मन में कितना दुःख हुआ है मेम भाभी, यह तुम नहीं समझोगी। ये पत्र लेकर मैं दिन-रात-भर घूमता रहता था। जहां भी तुम्हारा लिखा मिलता, उस जगह को बार-बार चूमता रहता। बहुत बार इच्छा हुई कि तुमसे मुलाकात करूं और तुम्हें ये पत्र देकर कैफियत मांगू कि क्यों तुमने इतने दिनों तक इस तरह मुझसे झूठी बातें कहीं!'

मेम भाभी क्षण-भर को चुप रह गई।

'मैंने क्या सिर्फ तुमसे ही झूठ कहा है? समूचे विन्सेंट स्क्वायर के लोगों को मैंने धोखा दिया है। सभी लोगों को यही बताया है कि इण्डिया आकर मैं रानी बन गई हूं। मेरे पास दस आयाएं, चालीस खानसामे और बहुत विराट पैलेस है।मैं ऐसी स्वार्थी, झूठी एवं पाखंडी हूं कि क्या बताऊं? अन्त में जब अलक मर गया तो मैं उसके लिए भी कभी नहीं रोई। रोई तो सिर्फ इसलिए कि मेरा छल-प्रपंच मेरे देश के लोगों के सामने प्रकट हो जाएगा। यही कारण है कि मैं वापस विलायत भी नहीं लौट सकी और अपना बड़प्पन दिखाने के लिए हजारों रुपये अपने देश भेजती रही।

मैंने कहा, 'यह भी मुझे मालूम है।'

मेम भाभी ने पूछा, 'तूने कैसे जाना?'

मैंने कहा, 'तुम्हारे भाई से मेरी भेंट हुई थी।'

'ओह, यह क्या कहते हो?' मेम भाभी व्हिस्की का घूंट भरना चाहकर भी मानो नहीं भर सकी।

उस समय फिर गिर्जाघर की घड़ी ने टन-टन कर बहुत-से घण्टे बजाए।

ये सारी बातें आज भी मुझे ज्यों की त्यों याद हैं।

यूसुफ लंबे-लंबे डग भरता मेम भाभी के कमरे के सामने ले गया, पर वहां पहुंचकर देखा कि मेम भाभी के कमरे में ताला बन्द था। यूसुफ तो शायद चकित हुआ था। जिसको विविध उपायों से रुपये बटोरने का रास्ता चुनना पड़ता है, उसके लिए कोई भी वक्त निश्चित नहीं रहता; यह मैं जानता था। मैं जानता था कि मेम भाभी मजबूर होकर धन-ऐश्वर्य निगल रही है। पत्रों में इसका प्रमाण भी मिल गया था मुझे। मैं जानता था कि रुपयों की खुद उसको कोई खास आवश्यकता नहीं थी, पर उसके देश के भाई-बहन मुंह बाये उसके रुपयों की उम्मीद लगाए बैठे थे। उनकी दीदी का विवाह इण्डियन प्रिंस के साथ हुआ था, अतः रुपयों की मांग करना उनका अधिकार था।

उनकी दीदी ने भी यहां से उनको पत्र लिखा था, 'मैं और रुपये भेज रही हूं। तुम लोग विन्सेंट स्क्वायर छोड़कर लिस्टर स्क्वायर में कोई मकान किराये पर ले लेना। इन रुपयों से हेनरी के लिए गैवर्डिन का सूट सिलवा देना। मार्टिन के लिए ट्राइ साइकल खरीदना, विली के लिए स्कूल की फीस जमा करना और मिनी की फ्रॉक-सूट बनवा देना। मां के लिए दवाई और नेकलेस खरीद देना। लेनी के लिए पैराम्बूलेटर और केटी के लिए गुड़िया भी लेना।' आदि-आदि।

एक सुबह जब नींद खुली तो विन्सेंट स्क्वायर के लोगों को पता चला कि शराबी बैण्ड-मास्टर की बड़ी लड़की नोरा स्मिथ एक इण्डियन प्रिंस के साथ एन्गेज्ड हो चुकी है।

बूढ़ी धोबिन मार्गरेट एक दिन आकर कहने लगी, 'अरी, जो कुछ सुन रही हूं, क्या वह सच है? भगवान करे, तुम्हारी लड़की जुग-जुग जिए।'

बूढ़ी मछुआरिन मिसेज हडसन ने आकर कहा, 'तो आखिर तुम लोगों की भी दशा पलटी?'

मोदी फिर से उधार देने लगा। मांसवाला बब 'भेंट होने पर 'गुड मार्निंग मिसेज' कहता। भाई-बहनों को बगल के घरों से पार्टियों में शरीक होने के लिए फिर से निमंत्रण आने लगे।

पर सभी एक ही बात पूछते, उसने प्रिंस को आखिर फांसा कैसे?

नोरा के पास रूप है। गालों पर रंग चढ़ा हुआ है, शरीर में मांस है। कमर में लचक है। माथे पर सुनहरे बाल हैं। उसमें पुरुषों को रिझाने के सभी गुण हैं। पर फिर भी उसने जिसको फांसा है, वह है तो आखिर प्रिंस ही न, और बहुत रुपयों का मालिक भी।

पर असली बात डोरा के सिवाय और किसी को मालूम नहीं थी।

वे दोनों रास्ते में शो-केस में लगे कपड़े, मोजे, गाउन वगैरह देखते हुए साथ-साथ चल रही थीं। अचानक एक बहुत बड़ी कार आकर एक बहुत बड़ी दूकान के सामने खड़ी हुई। उसमें एक इटालियन बैठा था और अद्भुत खूबसूरत जवान चेहरा था उसका। ऊपरी होंठ के अगल-बगल पतली सी सुन्दर-सी मूंछ थी। इटालियन कार का दरवाजा खोलकर उतरा।

डोरा ने कहा, 'नोरा, तू उस व्यक्ति का अचानक एक चुम्बन लेकर उसे चौंका सकती है?'

जान न पहचान, नाम-पता कुछ मालूम नहीं, यह कैसा मजाक है? पर उससे क्या फर्क पड़ता था। उन दिनों की तो बात ही निराली थी। उन दिनों नोरा इटालियनों के स्वप्न देखा करती थी। उस समय स्वयं से और अन्यान्य सभी लोगों से वह घृणा करती। उसे लगता कि अपने अगल-बगल वह जो कुछ देख रही है, सब पाप है। भाई-बहन पैसों के कारण पढ़ाई-लिखाई नहीं कर पा रहे थे। बैण्ड-मास्टर शराब पीकर घर लौटता और शराब पीने को नहीं मिलता तो महाभारत मचा देता। वह यही सब सोचती कि इन सब कलंकों एवं घिनौने जीवन से उसे किस प्रकार मुक्ति मिल सकती है?

नोरा ने कहा, 'हां, चुंबन ले सकती हूं। कितने की शर्त रही?'

डोरा ने कहा, 'एक शिलिंग की।'

"खैर, एक शिलिंग ही सही। पर इस बीच इटालियन दूकान में घुस गया था, अब दूकान से बाहर आने पर ही उसका चुम्बन लेना सम्भव था। नोरा और

डोरा दोनों दूकान के बड़े गेट के पीछे छिप गई। कभी-कभी भीतर झांककर देख लेतीं। अब शायद आ रहा है! अगर वह दूकान से निकल, फुटपाथ पार कर फिर कार में बैठ गया, तो कुछ नहीं हो सकेगा।

चुपचाप खड़े-खड़े उन्हें लगा कि इस बार इटालियन बाहर आ रहा है। नोरा रेडी हो गई। वह जैसे ही दूकान से बाहर निकला कि डोरा ने उछलकर उसका चुम्बन ले लिया।

वह आदमी कम चकित नहीं हुआ था।

पर उससे भी अधिक विस्मय नोरा को हुआ। क्योंकि वह वही इटालियन नहीं था जो कार से उतरकर दूकान के भीतर गया था, बल्कि एक इण्डियन था। अलक मित्न! पिता के इकट्ठे किए रुपयों को खर्च करके वह वकालत पढ़ने विलायत आया था।

खैर, इण्डियन ही सही। गरीब का लड़का है तो क्या हुआ? उसी दिन से उन दोनों के बीच बातचीत शुरू हुई।

दोनों ने रेस्तरां में बैठकर काफी पी।

नोरा ने कहा, 'आज से तुम प्रिंस और मैं प्रिंसेस!' अल क लजीला लड़का था। बोला, 'पर मैं तो गरीब लड़का हूं। पिता के पास मामूली-सी जायजाद है। किसी तरह विलायत चला आया हूं।'

नोरा ने कहा, 'नहीं, तुम यह बात किसीसे नहीं कहोगे। मैं सभी को तुम्हारा दूसरा ही परिचय दूंगी।'

और नोरा जहां भी जाती, उसका परिचय करा देती, 'कॉटन-प्रिंस आफ इण्डिया।

मेम भाभी ने कहा था, 'तुम लोगों में एक कहावत है न कि मन की चाह कभी-न-कभी पूरी होती ही है। सो एक दिन मैंने सुल्तानगंज के छोटे प्रिंस को भी पा लिया। सचमुच का प्रिंस! चेहरे पर जैसी प्रिंसियन कट थी, वैसे ही उसके पास रुपया-धन-दौलत भी अपार था। तुमने उसे देखा नहीं है?'

मैंने कहा, 'देख चुका हूं।'

मुझे याद है कि मेम भाभी के फ्री स्कूल स्ट्रीट वाले फ्लैट के गेट पर ताला देखकर मैं धीरे-धीरे वापस आ रहा था। शाम घिर आई थी। पिंजरे के

कनेर पक्षी चहचहा रहे थे। सहन मे बतखों का झुंड 'पीक-पीक' करके पुकार रहा था।

युसूफ ने कहा, 'आप थोड़ी देर ठहर जाइए, बाबूजी! मेम दीदी बस अभी आती हैं।'

लेकिन काफी देर तक खड़े रहने पर भी जब मेम भाभी नहीं आई तो मैं चल पड़ा। हठात् बाहर मोटर की आवाज सुनाई दी। मैं ओट में छिपने ही जा रहा था कि सामने मेम भाभी आ खड़ी हुई। मेम भाभी की पोशाक देखकर मैं चौंक उठा। उसने पुरुषों की तरह टाइट ट्राउजर और सिल्क की ढीली शर्ट पहन रखी थी। गले के कॉलरों को एकदम सीधा खड़ाकर रखा था। बाल पुरुषों की तरह छोटे-छोटे छंटवा रखे थे।

मेम भाभी ने बताया, 'छोटे कुमार साहब से बात यह हुई थी कि वे मुझे अपने घर ले जाएंगे। पर उन्होंने मुझे अपने बाग वाले मकान में ले जाकर रखा। सारी रात उनकी मोटर दौड़ती रही। कलकत्ता पार कर जैशोर रोड से कार सीधी चलती रहती। आसमान में चांद निकल आया था। मेरा शरीर अलसाता जा रहा था। छोटे कुमार साहब ने कार चलातेचलाते हठात् एक पेड़ के नीचे आकर उसे रोक दिया। मेरे सामने सिगरेट बढ़ाते हुए बोले—लो नोरा, सिगरेट पियो।

'मैंने कहा था कि मेरा सिगरेट से पेट नहीं भरेगा।

'कुमार साहब ने पूछा—ज़रा मैं भी तो सुनूं भला, किस चीज से तुम्हारा पेट भरेगा?'

'मैंने कहा—रुपयों से।

'कितने रुपयों से?

'मैंने कहा—महीने में दस हजार रुपये। कुल मिलाकर।'

'कुमार साहब सहमत हो गए। कुमार की जमींदारी की आय सात लाख रुपये थी, जिसमें उनका हाथ-खर्च तीन लाख रुपया सालाना था। बाकी रूपये किस सुराख से होकर कैसे निकल जाते, यह पता ही न चलता। आज पार्टी है तो कल डांस और परसों पिकनिक। अब मुझे होटल के बार में नाचना पड़ता। उपवास भी नहीं करना पड़ता। न मुझे जूते, गहने एवं

गाउन किराए पर ले-लेकर रुपए इकट्ठे करने पड़ते हैं। यूसुफ और अब्दुल मियां के अत्याचार भी सहन नहीं करने पड़ते हैं। मेरे शरीर में मांस भरने लगा। पीठ पर परत जमने लगी। जब भी छोटे कुमार साहब के साथ मैं बाहर निकलती, होटलों में लंच लेती या पार्टियों में डिनर लेती तो सभी गौर से मेरी ओर देखने लगते। और मैं अपने लंदन के दिनों के बारे में सोचती; केटी, मार्गी, मां एवं भाई-बहनों के बारे में सोचती; डोरा एवं मोहल्ले के लोगों के बारे में सोचती। सभी बो बुलाकर अपना यह रूप दिखाने की इच्छा होती कि देखो, अब मैं सचमुच की रानी बन गई हूं। सचमुच की पटरानी बन गई हूं।...और वुड स्ट्रीट में छोटे कुमार साहब के आते ही रुपये और शराब का फुहारा-सा खुल जाता।'

मुझे याद है कि मेम भाभी को देखकर मैं एक ओट में छिप गया था। वह जल्दी से सीढ़ियों से होती हुई ऊपर चली गई थी। सुल्तानगंज के छोटे कुमार साहब गाड़ी में बैठे थे। क्या खूबसूरत चेहरा था उनका! सचमुच ही मानो इटालियन प्रिंस हों! कार एक मधुर-सी चीख मारकर चली गई। मैं यूसुफ के आह्वान की उपेक्षा करके चला आया। उस दिन फ्री स्कूल स्ट्रीट में मैंने मेम भाभी से मुलाकात क्यों नहीं की? गुस्से से या ईर्ष्या से? अगर गुस्से से तो आखिर क्यों, यह भी पता नहीं था। मेम भाभी ने मुझसे झूठा कहा था, क्या इसलिए उस पर नाराज होने का मुझे अधिकार था? मेम भाभी ने मुझसे झूठ कहा, इसमें विस्मित होने की क्या बात है? और रही ईर्ष्या की बात! सो सुल्तानगंज के छोटे कुमार साहब से मैं ईर्ष्या करू, इतनी भला मेरी सामर्थ्य कहां? एक बार तो मैंने सोचा, सारे पत्र फाड़कर फेंक दुं। पर किसी दिन मेम भाभी ने मुझे लाड़ किया था और स्नेह से चॉकलेट लाकर दिया था, यह बात मैं कैसे भूल जाता?

तब तक मैंने अपने पर काबू पा लिया था।

धीरे-धीरे मैं अपने घर की ओर अकेला लौट रहा था कि अचानक एक नजारा देखकर मैं चकित रह गया। मिलिट्री की पोशाक में पता नहीं कौन एक व्यक्ति हमारे बंगाली मुहल्ले में चहलकदमी कर रहा था। आमना-सामना

होते ही उसने मुझसे पूछा, प्रिंसेस नोरा मित्र किस घर में रहती हैं, बता सकते हैं आप?'

उसने कहा, 'प्रिंसेस मेरी बड़ी बहन है। मैं युद्ध में डॉक्टर बनकर आया हूं। यहां के एक प्रिंस के साथ मेरी दीदी की शादी हुई है।

मैंने पूछा, 'प्रिंस के साथ?'

एक बार तो मैं कहने जा रहा था कि यह सब झूठी बात है। सुल्तानगंज की बात भी बताना चाहता था। पर मुझे तीव्र उत्सुकता ने आ घेरा। उस व्यक्ति को मैंने सिर से पैर तक गौर से देखा। उसका नाक-नक्श बिल्कुल मेम भाभी की तरह था। अगर वह लड़की होता तब तो शायद उसे मेम भाभी समझने में भूल न होती। वैसा ही मधुर और वैसा ही नाजुक! उम्र में भी वह अधिक नहीं था।

मैंने कहा, 'नोरा मित्र मेरी भाभी लगती हैं। उनकी शादी बैरिस्टर अलकेश मित्र के साथ हुई थी। मैं उन्हें मेम भाभी के नाम से पुकारता था। वो देखो, वह मकान है उनका। लेकिन...'

मैंने फिर कहा, 'तुम्हारा नाम क्या है?'

उसने कहा, 'विलियन कार्लाइल स्मिथ। लेकिन सभी मुझे विली कहते है।

मैं मेग भाभी के भाई को लेकर चाय की एक दुकान पर जाकर बैठ गया।

मुझे याद है कि वहां बैठकर मैंने मेम भाभी के घर की बहुत-सी बातें सुनी थीं। जैसे, उनके कितने भाई हैं, कितनी बहनें हैं। मां अन्धी हो गई है। बाप खून के जुर्म में जेल चला गया है। उन्होंने विन्सेंट स्क्वायर वाला मकान छोड़कर लिस्टर स्क्वायर में बहुत बड़ा मकान खरीद लिया है। और यह सब मेम भाभी के पैसों से हुआ है। दीदी के पास बहुत पैसा है, अतः वह हर महीने बहुत रुपये घर भेजा करती है। उन्हीं रुपयों से बहन-भाई लायक बन पाए हैं। लिखना-पढ़ना सीख लिया है। मार्गी की एक कर्नल के साथ शादी हुई है। केटी की इंगेजमेंट एक डॉक्टर के साथ हुई है। मिनी वायलिन बजाने में खासी निपुण हो गई है।

वायलिन बजाने में उसे सर्टी फिकेट भी मिला है। सभी अगर किसी योग्य बने हैं तो सिर्फ दीदी के रुपयों से। क्योंकि दीदी के पास बहुत रुपये हैं न!

मेम भामी के भाई ने कहा था, 'उसके पास अगर इतने रुपये नहीं होते तो वह हर महीने इतने रुपये क्योंकर भेजती? हमारे पड़ोस में जो लोग हमें देखकर दूर से कतराया करते थे, वे अब हमारी बहुत खातिर करते हैं। बड़ी-बड़ी फैमिली के लड़के मैटिल्ड से शादी करना चाहते हैं।'

मैंने सोचा, तो यह बात है! दीदी ने खून का पानी बनाकर इतने सारे लड़के-लड़कियों को योग्य बनाया। खैर, एक गृहस्थी में तो सुख-शान्ति हुई; चाहे मेम भाभी को यक्ष्मा ही क्यों न हो जाए! डॉ० बैसाख से दवाई की खुराक कंजूसी के मारे न भी ली तो क्या हुआ, पर वह सुल्तानगंज के छोटे कुमार साहब के नशे की खुराक रातोंरात अवश्य जुटाती रहती होगी। जिसने हरदम घृणा ही करनी सीखी हो, जिसने समूचे वातावरण, अपने सगे भाई-बहनों, मां-बाप, पास-पड़ोसियों, यहां तक कि खुद से भी घृणा ही की हो; आज अगर वह उस घृणा के द्वारा ही कुछ लोगों का उपकार करना चाहती है तो यही क्या कम बड़ी बात है?

रात जब नशे में चूर होकर सुल्तानगंज के छोटे कुमार साहब के भुजबन्धन में कसी रहकर वह प्रश्न करती है, 'तुम मुझसे शादी करोगे न? मुझे रानी बनाओगे न?' तब छोटे कुमार शायद यही जवाब देते होंगे, 'मान लो, तुम मेरे स्टेट की प्रिंसेस नहीं बन सकी, पर मेरे हृदय-साम्राज्य की प्रिसेस तो हो ही। मेरे दिल की रानी!'

मेम भाभी ने कहा होगा, 'लेकिन मैं तुम्हारे हरम की प्रिंसेस बनना चाहती हूं, वुड स्ट्रीट की नहीं।

छोटे कुमार ने कहा होगा, 'पर वहां तो पहले से ही चार मौजूद हैं।'

मेम भाभी ने कहा होगा, 'होंगी, मेरे जाने से पांच हो जाएंगी तो उसमें हर्ज ही क्या है?'

छोटे कुमार साहब ने जवाब दिया होगा, 'नहीं, ऐसा नहीं हो सकता।'

'क्यों नहीं हो सकता?'

छोटे कुमार साहब ने कहा होगा, क्योंकि अगर तुम्हें लड़का हुआ तो वह

स्टेट की जायदाद में हिस्सा चाहेगा। तुम मेरे दिल की भागीदार बनना चाहो तो वह हिस्सा मैं तुम्हें दे सकता हूं। लेकिन स्टेट की तो ज्वाइण्ट प्रॉपर्टी है, वह तुम चाहोगी तो मैं नहीं दे सकता।'

मेम भाभी ने कहा होगा, 'मेरी सुख-सुविधा से तुम्हारी स्टेट अधिक महत्त्वपूर्ण है; क्या यही है तुम्हारा प्रेम?'

छोटे कुमार साहब ने कहा होगा, 'लो' थोड़ी-सी व्हिस्की और पियो। अभी तुम्हें नशा नहीं हुआ है। नशा हो जाने पर देखना, यह सब याद नहीं रहेगा।'

मेम भाभी ने जवाब दिया होगा, 'तुम नशे के जोर से मुझे फुसला लोगे, मैं ऐसे देश की लड़की नहीं हूं। अपना देश छोड़कर इण्डिया में नशा करने नहीं आई हूं मैं। हमारे देश में नशा करने के लायक बहुत-सी चीजें है।'

छोटे कुमार साहब मानो बोर हो उठे। उनके पास हरम में बहुत-सी औरतें हैं, बाहर भी बहुत-सी नारियों के सम्पर्क में आने का अवसर मिला; लेकिन ऐसा प्रश्न किसी ने उनसे आज तक नहीं किया होगा। मेम भाभी की वाहियात बातें सुनते-सुनते उनका बहुत-सा कीमती नशा बेकार चला गया होगा।

मेम भामी ने कहा, 'अन्त में मेरे जीवन में असली प्रिंस भी आया, पर मैं सचमुच की प्रिंसेस नहीं बन सकी।'

मेम भाभी ने फिर सिगरेट पीना शुरू कर दिया। उसने कहा, 'एक पार्टी में मेरी फतेहगढ़ के बड़े महाराज से भेंट हुई। बड़े महाराज की सभी रानियां मर चुकी थीं, सिर के बाल सफेद हो गए थे; लेकिन रसिकता खत्म नहीं हुई थी। उनके पास अपार खजाना, बड़ी जमींदारी, हाथी-घोड़े-ऊंट, लाव-लश्कर, पियादे-पालकी हैं। यह जो कुछ यहां तुम देख रहे हो न, सब उसी का है। कलकत्ते में वह पैसे उड़ाने आया था और वहीं उससे मेरी बातचीत हो गई।

महाराज ने कहा, 'मैं तुम्हें रानी बनाऊंगा।'

मेम भाभी ने कहा, 'कितने देंगे आप मुझे? सुल्तानगंज के छोटे कुमार

मुझे दस हजार देते हैं। कुल मिलाकर।'

बड़े महाराज ने कहा, 'मेरा तो सर्वस्व तुम्ही हो। सब कुछ तुम्हारा है। मैं भी तुम्हारा हूं।'

आधी रात को छोटे कुमार साहब के यहां से भागने का इन्तजाम हुआ। आधी रात के वक्त एक गाड़ी वुड स्ट्रीट वाले मकान के सामने आकर खड़ी हुई। दरबान, खानसामा और आसपास के सभी लोगों को मोटी रकम बतौर घूस के दी गई। वे सब जवाब-तलब के वक्त यही कहेंगे कि, 'हमें पता नहीं।' सभी नींद में सोए रहने का बहाना करेंगे।

उस दिन चाय की दुकान के एक कोने में बैठकर जब मेम भाभी के भाई ने मेरी बातें सुनीं, तो वह स्तम्भित रह गया था। बोला था, 'तो क्या मेरी दीदी की शादी प्रिंस से नहीं हुई थी?

मैंने उत्तर में कहा था, 'नहीं।'

उसने पूछा था, तो फिर वह हर महीने हजारों पाउण्ड किस तरह भेजती है हमें?'

मैंने कहा 'खुद खाती नहीं, खुद की दवा पानी नहीं करवाती एवं अपने खून का पानी बनाकर तुम लोगों को रुपये भेजती रहती है।'

उसे और भी अचरज हुआ। बोला, 'लेकिन अब तो हमें रुपये भेजने की कोई जरूरत नहीं। सभी भाइयों को नौकरी मिल चुकी है। सभी बहनों की शादी हो चुकी है। मां मर चुकी है। पिताजी जेल में ही मर गए। मैंने तो एक बार ये बातें एक खत में उसे लिखी भी थीं। क्या वह पत्र उसे नहीं मिला?'

उस लड़के का चेहरा लाल और पसीना-पसीना हो गया।

उसने मुझसे पूछा, 'वह इतने रुपये कहां से लाती थी, आप बता सकते है?

मैंने कहा, 'नहीं।'

उसने पूछा, 'अब कहां है वह, बता सकते हैं?'

मैंने अपने मन को कठोर बनाते हुए दृढ़ मन से जवाब दिया, 'मर चुकी है।'

सुनते ही उसका चेहरा वर्फ की तरह सफेद पड़ गया। बोला, 'मर गई? कब?'

मैंने कहा, 'कल।'

कल का दृश्य मेरी आंखों में फिर से तैर उठा। मैं फ्री स्कूल स्ट्रीट के के एक भम्भे के पीछे छिपा हुआ था। मैंने देखा कि सुल्तानगंज के छोटे कुमार साहब की नई कार से मेम भाभी उतरी। मैंने गौर से देखा तो महसूस किया, मानो उसके बदन का समूचा खून किसी ने निचोड़ लिया हो लम्बा टाइट ट्राउजर। सिल्क की ढीली शर्ट। गले पर खड़े किए हुए कालर। मेम भाभी खट-खट सीढ़ियां चढ़ने लगी। पर फिर भी ऐसा लगता था कि उसका पेट कई दिनों का भूखा है, आंखों में कई रातों की नींद भरी है और पैरों में बहुत लम्बा सफर तय कर लेने के बाद की थकावट है। शायद कमरे में जाते ही वह इस कीमती पोशाक को उतारकर मैला गाउन पहन लेगी और ये कपड़े-लत्ते, गहने-जूते वगैरह सभी चीजें वापस दूकान में लौटा आएगी। तिस पर भी उस दिन की तरह साढ़े पांच रुपया किराया उधार ही रह जाएगा। इधर डॉक्टर बैसाख कहेगा, 'लेकिन मिस स्मिथ, इसी तरह चला तो तुम अधिक दिन तक नहीं जिओगी।'

लेकिन यह भी एक प्रकार की मौत ही है; बल्कि इसे अकाल-मृत्यु कहना अधिक उपयुक्त होगा।

मेम भाभी के भाई को पता नहीं क्या हो गया कि मेरी बात सुनकर वह क्षण-भर चुप बैठा रहा। आंखों में घनी उदासी छा गई, मानो आंखों से अब-तब में बरसात होने वाली हो। अचानक वह उठ खड़ा हुआ और छाती पर दोनों हाथों से क्रॉस का निशान बनाते हुए क्षण-भर आंखें मूंदे रहा। उसके बाद पॉकेट से छोटी बाइबल निकालकर पढ़ने लगा : 'अपने शत्रुओं से भी प्यार करो और भलाई करो; बदले में कुछ भी पाने की आशा के बिना ही देते रहो; इसका बहुत बड़ा फल मिलेगा। भगवान के सिवा और कौन है जो पापों को क्षमा कर सकता है!'

कालिज में इण्टरमीडियेट पढ़ते समय हम लोगों को बाइबल पढ़नी पढ़ी थी। आशुतोष कॉलेज के एक प्रोफेसर बाइबल पढ़ाया करते

थे। उसे अगर अब तक पढ़ाया जाता तो शायद कुछ याद भी रहता, लेकिन आज कुछ भी याद नहीं है। और एक दिन...

एक दिन ट्रेन से मैं कहीं से आ रहा था कि एक हमसफर पादरी ने मुझे बाइबल की एक प्रति भेंट की थी।

मैं अन्य मनस्कता से बाइबल के पन्ने उलट रहा था। जहां पहली बार नजर पड़ी, वहां से पढ़ना शुरू किया तो मैं चकित रह गया। मानो बुद्धि मेरी शून्य हो गई हो। भला इसी लाइन पर नजर पड़ना जरूरी था? देखा कि लिखा हुआ था : 'अपने शत्रुओं से भी प्यार करो और भलाई करो; बदले में कुछ भी पाने की आशा के बिना ही देते रहो; इसका बहुत बड़ा फल मिलेगा। भगवान के सिवा और कौन है जो पापों को क्षमा कर सकता है!

बिना पैसों की मामूली-सी एक बाइबल, और साधारण-सी कुछ लाइनें, पर उन्हें पढ़ने के साथ मुझे सब कुछ याद आ गया। हां, सारी बातें!

और साथ ही रोहिणी बाबू की बात भी याद आ गई। हमारे स्कूल के भूगोल के मास्टर महाशय रोहिणी बाबू ने एक दिन क्लास में पूछा था, 'अच्छा बताओ तो, महाभारत का सबसे बड़ा चरित्र कौन है?'

पंचा ने कहा था, 'अर्जुन, सर!'

सुबोध ने कहा था, 'भीम सर!'

फटिक ने कहा था, 'कर्ण, सर!'

क्लास की सभी लाइनों से घूमते-घूमने आखिर यही प्रश्न मेरे सामने आकर ठहरा।

मैं झटपट बोल उठा, 'युधिष्ठिर, सर!'

'शाबाश! बहुत अच्छा। मैं तुम्हारा जवाब सुनकर बहुत खुश हुआ।

क्लास-भर के लड़कों में मेरा माथा गर्व से ऊंचा हो गया था। मेरा ही उत्तर सही था और बाकी सबका गलत। पर आज इतने दिनों के बाद जब सोचता हूं तो शर्म से सिर झुक जाता है। उस दिन का वह सही उत्तर मेरे अनजाने में कब गलत हो जाएगा, यह मुझे कहां पता था! उस दिन बड़े गर्व से मैं सिर ऊंचा किए घर लौट आया था, वही गर्व पूर्ण मेरा सिर कभी शर्म

से झुक भी जागगा; क्या मुझे पता था? दुनिया में क्या ऊपरी सफलता ही महत्त्वपूर्ण है?

अक्लान्त निष्ठा आखिरी दम तक अगर सफलता के चरण न चूम पाए तो क्या सब कुंछ व्यर्थ हो जाएगा? आज अगर मैं कहुं कि मेम भाभी का जीवन ही सार्थक था और उसकी निष्ठा ही सफलतापूर्ण रही, तो क्या यह मेरी भूल होगी?

सुल्तानगंज के कुमार साहब के वुड स्ट्रीट वाले फ्लैट से जब मेम भाभी भागी थी, क्या वह भी एक उत्तरण था? उत्तरण की कोशिश करना भी एक प्रकार का उत्तरण ही है। अन्धकार से प्रकाश की ओर उत्तरण, साधारण से असाधारण की ओर उत्तरण। और जीवन से जीवनातीत की ओर।

दस हजार से बीस हजार की ओर। फतहगढ़ के बड़े महाराज राठौर वंश के कुलदीपक हैं। उन्हें रुपयों का कोई अभाव नहीं है। उनके यहां बड़ी रानी का पद खाली पड़ा था। फिर भला बीस हजार क्या चीज थे? समूचा राज्य देने में भी उन्हें कौन रोकने वाला था! जब होटल के खाने वाले कमरे में उनकी मुलाकात मेम भाभी से हुई थी उन्होंने अपने ऐश्वर्य एवं वंश-गौरव की फेहरिस्त भी दे दी थी उसको। और अपना गुणगान सविस्तार बखान किया था।

वे बोले थे, ‘सात बार मोंटेकार्लो जा चुका है। तेरह बार मेरे घोड़े ने डर्बी जीती है। एक टेबल पर बैठकर एक बार में सत्रह बोतलें व्हिस्की पी सकता हूं।’

फिर बोले, ‘तुम्हें पता है, हैदराबाद के निजाम के पश्चात् इतना रेविन्यू और कोई भी नेटिव-प्रिंस दिल्ली-दरबार में नहीं भेजता!’

वहां के लोग कहते हैं, बड़े महाराज दौलतमन्द होने के साथ-साथ दिलदार व्यक्ति हैं। दौलत तो बहुतों के पास होती है, लेकिन दिलदार होना बहुत मुश्किल है। बाजार में कार का नया मॉडल आते ही उनके मन से पुरानी कार बिलकुल उतर जाती है। अपनी आत्मसन्तुष्टि के लिए उन्होंने स्टेट में बहुत-सी गाड़ियां, बहुत-से राज प्रासाद, हवामहल एवं

शीशमहल' आदि बदले हैं। सिर्फ किसी बात की कमी है तो एक रानी की। सर्व प्रथम फतेहगढ़ में चौहान वंश की लड़की राजवधू बनकर आई थी। फिर चौहान वंश की ही नहीं, तीन और खानदानी वंश की लड़कियां भी इस रईस व्यक्ति की अंकशायिनी होने को आई थीं। पर कोई टिकी नहीं। बच्चा होने के समय सभी मर गईं। उसके बाद महाराज ने फिर शादी नहीं की। बाद में जो नारियां इनके सम्पर्क में आईं, वे इस देश की नहीं थीं। कोई जर्मन थी तो कोई इटालियन या फिर कोई यहूदी थी। उनमें से भी कोई नहीं टिकी। यद्यपि राजवधू बनने का सौभाग्य उन्हें प्राप्त नहीं हुआ. लेकिन फिर भी उनके लिए अलग राजप्रासाद थे। उनके लिए अलग लाव-लश्कर, खानसामा, बावर्ची, बॉय, बेयरा वगैरह सभी थे। महाराजा की जब जहां खुशी होती, जाते और रात बिताकर आते; लेकिन फिर वे उनका मन नहीं जीत सके। उनमें से कोई भी महाराजा से सन्तुष्ट नहीं हुई और एक-एक करके सभी चली गईं। लेकिन जाते-जाते वे मोटी रकम एवं जवाहरात भी अपने साथ लेती गईं।

और अब मेम भाभी की बारी आई थी।

महाराजा ने पूछा, 'तुम्हें इण्डिया आए कितने दिन हुए हैं?'

उस वक्त तक मेम भाभी सुल्तानगंज के छोटे कुमार साहब के रुपयों के बल पर इस देश के बहुत-से हालचाल सीख चुकी थी, इसीलिए बोली, 'सिर्फ तीन महीने।'

सिर्फ तीन महीने! तब तो बिलकूल ताजा चीज है। विलायत का एकदम नया ताजा आयात भी उसे कहा जा सकता है। बड़े महाराजा उसका उत्तर सुनकर बड़े खुश हुए, क्योंकि उनके मन एवं नजर दोनों की पसन्द के मुताबिक वह फिट थी।

वे बोले, 'मैं तुम्हें रानी बनाऊंगा। अपनी स्टेट की रानी साहिबा! तुम्हारे नाम से एक स्टेट भी लिख दूंगा। उसके समस्त अधिकार तुम्हारे ही होंगे।'

मेम भाभी ने कहा, 'लेकिन मुझे खास रानी बनाना पड़ेगा, याद रहे!'

बड़े महाराजा ने कहा, 'हां, हां, खास रानी ही बनाऊंगा। पुरोहित बुलाकर, मन्त्र पढ़वाकर यथारीति तुम्हें अपनी जात में मिलाऊंगा। और क्या चाहिए?'

मेम भाभी ने कहा, 'एक बात और है।'

बड़े महाजन ने कहा, क्या?'

'मेरी जितनी इच्छा होगी, उतने ही रुपये मैं अपने देश भेजंगी; मुझे कोई कुछ नहीं कह सकेगा।'

खैर, उसमें बड़ महाराजा को कोई आपत्ति नहीं थी। वे दौलतमन्द आदमी थे, दौलत के बारे में कंजसी भी नहीं करते थे। मेम भाभी का वहां पर पक्का-पुख्ता इन्तजाम हो गया, और फिर वुड स्ट्रीट के फ्लैट से मेम भाभी गायब हो गई। सुल्तानगंज के छोटे कुमार साहब के साथ इस तरह की तीन घटनाएं घट चुकी थीं। मेम भाभी वाली घटना को लेकर उन्होंने अधिक दिमाग नहीं खपाया।

और उसके बाद से मेम भाभी इस आबू पहाड़ पर है।

उस दिन मेम भाभी की गाड़ी ने मुझे ठीक वक्त पर महाराज के हवामहल में उतार दिया था।

दोपहर को पगड़ी वाला वही राजपूत हवामहल में आया और मुझे सलाम करके मेरे पास खड़ा रहा। बोला, 'हजराइन साहिबा को मैंने आपकी इत्तिला कर दी है।

आबू पहाड़ पर आने के अगले मुहूर्त से हुजूराइन द्वारा अतिथिसत्कार के बहुत से उदाहरण पा चुका हूं। चारों ओर ठंडा वातावरण था। नकली लेक ओर टोड रॉक छोड़कर सनसेट प्वाइण्ट की तरफ जाने वाले मार्ग के इधर ही हवामहल में मेरे रहने की व्यवस्था की गई थी। रास्ते के उस पार कुछ आगे जाकर हुजूराइन का प्रासाद है। महाराज की उम्र पकने लगी है, पर उससे क्या फर्क पड़ता है! हुजूराइन की भी उम्र कम नहीं है। लाव-लश्कर, पैदल-प्यादे, बरकन्दाज, चपरासी, खानसामा, बेयरा, बावर्ची, आया, पालकी, घोड़ा, ऊंट आदि सब उनके पास आए हैं। क्योंकि उन सबके आए बिना

रानी साहिबा की इज्जत में बट्टा लग जाता है, और बड़े महाराज के सम्मान पर ठेस पहुंचती है।

मेरे यहां आने के बाद से ही बार-बार खाने का सामान आ रहा था। कभी जलेबी, लड्डू, पेड़ा, पुरी, मिठाई तो कभी मांस, मछली, पुलाव, करी वगैरह। नहाने और मुंह-हाथ धोने के लिए गरम पानी लाया गया था। मेहमानबाजी में किसी बात की कोर-कसर नहीं रखी गई थी। साथ एक पत्र आया था।

मैंने पूछा, 'हुजूराइन इस वक्त क्या कर रही हैं?'

उस आदमी ने जवाब दिया, 'अभी हुजूराइन का गुस्ल हुआ है, अभी तो बदन की मालिश-वालिश होगी; उसके बाद पोशाक पहनाई जाएगी।'

मैंने पूछा, 'बड़े महाराज नहीं आएंगे?'

वह व्यक्ति इस प्रश्न का कोई जवाब नहीं दे सका। मकान के बाहर गाड़ी खड़ी थी। मैं उसी में बैठकर मेम भाभी के मकान में जा पहुंचा। सामने खड़े भरी बन्दूक कन्धे पर रखे एवं बेल्ट कसे एक सन्तरी ने आकर मूझे सलाम किया और गाड़ी का दरवाजा खोल दिया। कड़कड़ाहट की आवाज करता लोहे का गेट भी खोल दिया। अन्दर शुरू से आखिर तक कार्पेट बिछा हुआ था।

काठ की सीढ़ियों से होता हुआ मैं उपर पहुंचा। चारों ओर बाघ एवं हाथियों के कंकाल बंधे हुए थे। तो क्या बड़े महाराज को शिकार का भी शौक है? सिर्फ शिकार का ही नहीं, बल्कि उन्हें शराब का भी बहुत शौक राजपूताना की मरुभूमि में अगर उनको वह न मिले तो उनका बदन सुख जाता है। उन्हें फूलों और पक्षियों का भी शौक है और जीवित चिड़ियां और कबूतर पालने का भी। पर उन्हें लड़कियों का शौक है कि नहीं, इसका सबूत अभी तक नहीं मिला मुझे।

कमरों के बाद कमरे। इस महल को पार करके उस महल में गया।

ऐश्वर्य एवं आडम्बर में होड़-सी लगी हुई थी। चारों ओर बड़े-बड़े आईने लगे हुए थे, जिससे शीशमहल का भ्रम होता था। कमरे के बीच में खड़ा होने से हजारों कोनों से हजारों चेहरे दिखाई पड़ते थे। बड़े महाराज समूचे कपड़े

खुलवाकर यहां नर्तकियों का नाच देखा करते थे।

मैं आश्चर्यचकित होकर चारों तरफ देख रहा था। यहां पर मेम भाभी के लिए अपने फ्री स्कूल स्ट्रीट के टूटे फ्लैट की याद करना भी अपराध है।

पता नहीं कहां से गाने की क्षीण आवाज आ रही थी। ऐसा लगता था, मानो मैं किसी स्वप्न-प्रदेश में चला आया हूं। हुजूराइन ने स्वयं पसंद करके खुद की देखरेख में यह मकान बनवाया है। यहां जितना कुछ है, सब हुजूराइन का है। बड़े महाराज ने फतेहगढ़ में हुजूराइन के लिए मील बहुत बड़ा प्रासाद बनवा दिया था। उसके चारों तरफ़ एक मील की लम्बाई में लेक बनवाई गई थी। बगल में ही पहाड़ पर स्थित हर एक पेड़ पर बिजली के बल्ब जगमगाते थे। वहीं पर हुजराइन के लिए गिर्जाघर से घण्टे बजाए जाते थे, और घण्टे की वह ध्वनि लेक के पानी की तरंगों से होती हुई हुजूराइन के प्रासाद तक पहुंच जाती थी।

मुझे अच्छी तरह याद है, वह व्यक्ति मुझे एक कमरे में बैठाकर खुद कहीं गायब हो गया था।

बहुत देर बाद मेम भाभी आई, पर वह चेहरा देखकर मानो मैं पहचान नहीं पाया। आबू रोड के स्टेशन पर भी सलमे-सितारे- जड़ित घूंघट निकाले एक मूर्ति देखी थी। पर यह तो उससे भी अधिक हसीन थी। मेम भाभी की उम्र मानो पहले से भी कम लगने लगी। बदन पर मांस की परतें चढ़ गई थीं। गाल पहले से भी अधिक फूल गए थे। आंखें और अधिक कंटीली हो गई थीं। पलक-पंखुड़ियां और भी रंगीन तथा नाजुक लग रही थीं। पैरों से सुनहरी जरी के काम की चप्पल, देह पर रुपहली जाली की चुनरी, कानों में हीरे के झुमके तथा गले में मोतियों को माला! इन सबके अलावा मांग में सिन्दूर भी था।

अवसर मिलते ही मैंने मेम भामी से पूछा था, 'क्यों, अब तो सचमुच रानी बन गई हो न, मेम भाभी?'

मैंने सोचा था कि जिस संकुचित एवं घणित जीवन के वातावरण से मुक्ति पाने की मेम भाभी की जिन्दगी-भर से चाहत रुही है, आज वह सार्थक रूप ग्रहण कर चुकी है। बहुत वर्षों से स्वयं से युद्ध करते-करते मानो

अब वह सुखी हुई है और खुद को प्रेम से देखना सीख लिया है। आज वह रानी बन गई है, प्रिंसेज बन गई है, रानी साहिबा हो गई है।

मेम भाभी की आया एक ट्रे में गिलास, पेग, बोतल, सिगरेट और माचिस रख गई। मेम भाभी ने हाथ के इशारे से उसको जाने को कहा और पाइप में एक सिगरेट लगाकर सुलगाई। मैंने दुबारा पूछा, 'अब तो तुम सुखी हो न, मेम भाभी?' मेम भाभी ने मेरी बातों को अनसुनी कर दिया और अपनी धुन में गिलास में से एक घूंट भरा। मैंने महसूस किया कि इतने दिनों से शान्ति के गहरे समुद्र में डुबकी लगाकर मेम भाभी ने अब अपने को सफल बनाया है, क्योंकि सफलता की निशानी उसके बदन के पोर-पोर से छलक रही थी। वह अब अधिक सुन्दर और गोरी लग रही थी। मेम भाभी को अब सुबह से लेकर रात तक पुरुषों के लालच में खुद को पददलित नहीं करना पड़ता। अब तो उसे निर्बाध सूकन मिल रहा था। नींद टूटते उसके अगल-बगल कई नौकरानियां आतीं और आकर उसके हुक्म का इन्तजार करतीं। रानी साहिबा के मोटर तक पहंचने के रास्ते में मिलने वाले सब पथचारी माथा जमीन से टेककर उसे अभिवादन करते तथा उसके दीर्घजीवन की कामना करते। बड़े महाराज ने रानी साहिबा को खुश करने की गरज से फ्रांस से फर्नीचर और उनकी कलाई की शोभा के लिए स्विट्जरलैंड से घड़ी मंगवाई थी। इंग्लैंड की बैण्ड स्ट्रीट से गाउन तैयार होकर आते थे। गरज यह कि ऐशो-आराम और ऐश्वर्य में कुछ भी बाकी नहीं रहा। रानी साहिबा के हाथी ने उनके कदमों से सूंड छुआकर सलाम करना सीख लिया था। रानी साहिबा के घोड़े ने कलकत्ते की घुड़दौड़ में बाजी जीती थी। संसारी मनुप्य को भला और क्या चाहिए!

मेम भाभी ने मुझसे बहुत-सी बातें पूछीं। शादी हुई या नहीं? कलकत्ते के क्या हालचाल हैं? मैं नौकरी कहां करता हूं? मां, पिताजी, ताऊज़ी आदि सबके समाचार भी उसने पूछे।

मैंने पूछा, 'इस तरह की पोशाक पहनने में तुम्हें तकलीफ नहीं होती?

फिर पूछा, 'हां, तो इतने दिनों के बाद अब तुम सचमुच रानी साहिबा बन गई हो?'

रानी साहिबा की आंखों से आंसू बहने लगे।

मुझे क्या पता था कि मेम भाभी अभी तक रानी साहिबा नहीं बन सकी है। फतेहगढ़ के नये प्रासाद से दूर से ही लेक के किनारे वाला गिर्जा दिखाई पड़ता है। इस प्रासाद में और भी बहुत नारियों ने आश्रय लिया था। विविध प्रकार की गुड़ियों से बड़े महाराज ने अपना शौक पूरा किया था। जिधर नजर जाती, उधर ही रानी साहिबा की स्टेट दिखाई पड़ती थी। स्टेट के दलील-दस्तावेज भी तैयार हो चुके थे। राज्य की प्रजा समझती थी कि इस बार जो आई है, वहां उनकी भावी रानी है। भावी रानी साहिबा; छोटी नहीं, पटरानी। उन लोगों पर हुकूमत करने वाली मालकिन। उनकी हुजराइन।

बड़े महाराज नई कार चलाकर बिलकुल भीतरी बाल्कनी के नीचे उतरते। आज ही सारी बातें पक्की होने की बात है।

मेम भाभी पूछती, 'महाराजा साहब, तारीख पक्की हो गई क्या?'

बड़े महाराज जवाब देते, 'थोड़ा-सा बखेड़ा हो गया है।'

'कैसा बखेड़ा?

'स्टेट के पुरोहित का बड़ा लड़का अचानक मर गया है। अभी वे शोक में हैं। तुम्हें कुछ दिन तक सब करना पड़ेगा।'

यह तो हुआ एक बहाना। पर ऐसे-ऐसे बहुत-से बखेड़े आए और चले गए। पर शादी किसी तरह भी न हो सकी।

महाराज कहते, 'तुम इतनी उतावली क्यों होती हो? व्हिस्की का नया चालान आया है, खोलू?'

सिर्फ व्हिस्की ही नहीं, नये गहने, नई कार, नया गाउन आदि भी आते। इन्हीं सबमें देर हो जाती और असली बात उठती ही नहीं। कार में बैठकर दोनों घूमने निकलते। लेक के पार, पहाड़ पर से होती हई, स्टेट की सीमा को छूकर गुजरती हुई कार से सूर्यास्त देखते-देखते अचानक मेम भाभी के कानों में गिर्जा के घण्टों की ध्वनि पड़ती। बहुत दुर से वे शब्द तैरकर आते और बहुत दिनों पहले की बातें याद दिलाते। गिर्जाघर में पहले भी कई बार उसने उत्सुकता-भरी नजरों से मदर मेरी की मूर्ति

को निहारा है। लेकिन मूर्ति में किसी तरह का भाव-परिवर्तन नहीं हुआ। गिर्जाघर की मूर्ति उसे साधारण मूर्ति से अधिक कुछ नहीं लगी। पर अब ऐसा क्यों लगता है? बड़े महाराज के रुपये आज कल उसके दिल पर आघात क्यों करते हैं?

देश से पत्र आता। मेटिल्ड की शादी हो गई है। वे लोग बहुत सुखी हैं। लिस्टर स्क्वायर में नई बिल्डिंग में रहना शुरू कर दिया है उन लोगों ने। और अब नये सिरे से जिन्दगी शुरू की है। मार्गी एक कर्नल से शादी करके सुखी है। केटी की शादी भी एक डॉक्टर से हो गई है। वे सब न्यजूर्सी में हैं। मिनी को वायलिन बजाने में सर्टिफिकेट मिला है। अब वह एक इंजीनियर के साथ इंगेज्ड हो चुकी है। उसकी शादी भी इसी जून में होने वाली है। वह अपनी दीदी से कीमती उपहार की उम्मीद करती है। विली डॉक्टर बन गया है। आर्मी में भर्ती होकर इण्डिया आएगा। और हेनरी? वह बचपन से ही बहुत शैताना था। पर अन्त में वह भी नेवी में फर्स्ट लेफ्टीनेण्ट हो ही गया है। अब क्या बाकी रहा! मेम भाभी ने और क्या चाहा था? उसने जो कुछ चाहा था, सब कुछ पाया है। सब सपने पूरे हो गए। पर मेम भाभी! वह खुद?

अपनी बात सोचना शुरू करते ही अचानक बाधा पड़ी।

टन्-टन्-टन् करके घण्टे की ध्वनि शुरू हो गई। यह संगीत कानों में पड़ते ही मन इतना अस्तव्यस्त हो जाता है कि उसे संभालना मुश्किल हो जाता है। सब कुछ तितर-बितर हो जाता। यह स्टेट, ये बड़े महाराज, हाथी, घोड़े, ऊंट, रेस की घोड़ी, जितनी जायदाद है; सब तुच्छ हो जाते।

मेम भाभी ने कहा, 'राजा साहब, तुमने अपनी बात नहीं रखी!

'कौन-सी बात?"

और वह बात याद करते-करते बड़े महाराज विभ्रान्त हो जाते। कौन सी बात नहीं रखी उन्होंने? इंगलिश वाली ने रेस की घोड़ी मांगी थी, वह दी है उन्होंने। उसने खुद की स्टेट चाही, वह भी उसे मिल गई। गाड़ी की. मांग की, तो वह भी दी गई।...रुपया से जो कुछ खरीदा जा सकता है, वे सब इच्छाएं पूरी करूंगा। घूमने जाना चाहो

तो वह भी मंजूर है। पेरिस, लन्दन, न्यूयार्क, मोण्टे कार्लो जहां चलो, चलो न।

'पर रानी साहिबा की गद्दी!'

'वह भी मिलेगी। दो दिन सब्र करो। रानी साहिबा बनने की भी एक पद्धति है। उसकी भी एक रीति है। यों ही रानी साहिबा नहीं बना जाता। चारों ओर नाते-रिश्तेदारों को निमन्त्रण देना पड़ेगा। नाच-गाना होगा, हवन होगा, दान ध्यान होगा। भिखारी-भिखारिनों को भोजन दिया जाएगा। महल, के भीतर-बाहर उत्सव-जश्न मनाया जाएगा। इतना सब क्या एक दिन में हो जाएगा? यह सब पूरा एक महीने तक चलेगा। रेजिडेण्ट साहब आएंगे। लालजी साहब, लालजी बाई साहिबा; पर्दायतजी पेशवानजी भी आएंगे। कोई बाकी नहीं रहेगा। यह इतना सरल काम तो है नहीं।'

और धीरे-धीरे उसका लेखा-जोखा भी होने लगा।

इंगलिश वाली के लिए रुपयों का झरना बह निकला। बड़े महाराज ने कड़ा आदेश दे दिया था कि इंगलिश वाली की कोई स्लिप मिले तो उसमें उसकी जैसी भी इच्छा लिखी हो, वह पूरी की जाए। अगर उसकी मांग यहां न मिले तो बम्बई ऑर्डर भेजो। बम्बई में भी न मिले तो कलकत्ते ऑर्डर भेजा। और अगर इण्डिया में भी न मिले तो इंग्लैंड, फ्रांस, जर्मनी से मगाओ। तमाम दुनिया में ढूंढ़ो।

पर अचानक सब गड़बड़ हो गया।

इण्डियन डोमीनियन के मंत्री सरदारजी की एक सील लगी चिट्ठी एक दिन सुबह-सुबह हाजिर हुई। उसके बाद से कानाफूसी और फुसफुसाहट शुरू हो गई। चारों ओर नीरवता-सी छा गई। किसी ने कहा, 'नेहरूजी महाराजा की गद्दी छिनवा लेंगे।' 'सुना है दिल्ली में बादशाही. शुरू हो गई है, बादशाही फौज आ पहुंची है।' शहर-भर में लोगों की जबान पर यही एक बात थी। कोतवाली में महाराज का फौजी सिपाही बन्दूक लिए पहरा देता रहता था। उत्सुक जनता के सामने इकट्ठी होते ही कहता, 'भागो, भाग जाओ यहां से!'

अचानक अपने देश लौटने से पहले विली राजपूताना के इस शहर में आ पहुंचा। मेजर विलियम कार्लाइल स्मिथ। हिज मैजेस्टिज फोर्स की फिफ्थ ब्रिगेड का डॉक्टर। कई हाथों से होती हुई और अनेक देशों के डाकघरों की ठोकर खाती हुई मेम भाभी की एक चिट्ठी उसके हाथ लगी थी। चिट्ठी ऐसे समय में उसके पास पहुंची थी, जब उसका अपने देश लौट जाने का समय हो गया था।

देश लोटने से पहले एक बार वह अपनी बहन से मुलाकात करने आया।

मेम भाभो ने पूछा, 'तू कहां ठहरा है, विली?'

'रेस्ट हाउस में।'

मेम भाभी ने कहा, 'रेस्ट हाउस में क्यों? तुम्हें मेरे महल में रहना पड़ेगा।

विली ने कहा, 'पर मैं तो आज ही दिल्ली लौट जाऊंगा। वहां से हेडक्वार्टर का आदेश मिलते ही देश रवाना हो जाऊंगा।'

अचानक मेम भाभी को पता नहीं क्या हुआ, बोली, 'तेर साथ मैं भी चलंगी।'

विली चकित रह गया। बोला, 'क्या मतलब? कहां जओगी तुम?'

मेम भाभी ने कहा, 'अपने देश।'

'यह क्या?' विली ने कहा, 'बड़े महाराज से परमीशन नहीं लोगी?'

मेम भाभी ने कहा, मैं किसी की बांदी नहीं हूं कि मुझे किसी से परमीशन लेनी पड़े। तू मेरे पासपोर्ट का इन्तजाम कर दे। मैं माउण्ट आबू में रहूंगी। वहां से जाऊंगी तो किसी को शक भी नहीं होगा।

विली उसी दिन चला गया। लेकिन दूसरे दिन से पता नहीं क्यों इंगलिश वाली के प्रासाद के इर्द-गिर्द फौजी सिपाहियों का घूमना शुरू हो गया।

मेम भाभी ने बड़े महाराज के खास दफ्तर में चिट्ठी भेजी, पर वहां से कई दिनों तक कोई जवाब नहीं आया। मेम भाभी ने खास मुंशी को बड़े महाराज के पास भेजा। पर उसकी महाराज से भेंट नहीं हुई। उसने कहा 'बड़े महाराज बहुत परेशान हैं, स्टेट के भविष्य के सम्बन्ध में उन्हें पटेलजी के साथ कई बार

मुलाकात करनी पड़ी है, पर अभी तक कोई फैसला नहीं हआ। बड़े महाराज की तबीयत, मिजाज, दिमाग इस वक्त एकदम बिगड़े हुए हैं, अतः मुलाकात नहीं हो सकी।'

भेंट न हो सकी तो न सही, पर हुक्म तो हो गया कि इंगलिश वाली माउण्ट आबू के पैलेस घूमने के लिए जाएगी। वहां जाने के लिए, लावलश्कर, सिपाही-प्यादे, संतरी, घोड़े, ऊंट, बिल्ली, काकातुआ, हाथी, आया, बावर्ची, खानसामा, व्हिस्की, सोडा सब तैयार कर दिया जाए।

और इसी माउण्ट आबू में मेम भाभी से मेरी मुलाकात हुई।

मेम भाभी की उस दिन की बातें आज भी याद हैं मुझे।

धीरे-धीरे बातें हो रही थीं। पैलेस में अंधेरा था। दूर लेक के उस पार से गिर्जाघर के शिखर की छाया मनुष्य की भौतिक छाया-सी आकाश में मानो सहारा लिए खड़ी थी। बड़े महाराज उस समय प्राय: बेहोश-से थे। कभी कोई बात बोल लेते, फिर मानो होश में न रहते।

बड़े महाराज ने पुकारा, 'इंगलिश वाली!' इंगलिश वालो नाम बहुत ही प्यार का नाम है। जब महाराज को बहुत प्यार उमड़ता तब इस नाम से पुकारते। फिर पुकारा, 'इंगलिश वाली!'..

मेम भाभी ने कहा, 'क्या है?'

महाराज बोले, 'तुम कुछ और भी चाहती हो, इंगलिश वाली? और भी कुछ मांगो।'

मेम भाभी ने कहा, 'मुझे और कुछ नहीं चाहिए।'

'फिर भी कुछ तो मांगो।'

मेम भाभी ने मुझे बताया, 'मैंने देखा, बड़े महाराज उस समय अपने होश में नहीं थे। उस वक्त रुपये-पैसे, मोहरें, हीरे-जवाहिरात, जो इच्छा होती, मैं मांग सकती थी। उस समय बड़े महाराज एकदम पागल हो रहे थे मेरे लिए।'

महाराज ने कहा, 'जो खुशी हो, वही मांग लो। गाड़ी, घोड़ा, प्लेन, हाथी,

मोहरें जो भी इच्छा हो।'

मेम भाभी ने कहा, 'तुमने मुझे जो कुछ भी दिया है, सब वापस ले लो। मुझे कुछ नहीं चाहिए! मेहरबानी करके सब कुछ वापस ले लो।'

'क्यों? तुम मुझ पर नाराज हो?'

'नहीं! मेरे गहने, गाड़ियां, हाथी सब ले लो। यह सब लेकर मैं क्या करूंगी? किसी दिन यह सब सचमुच मैंने चाहा था। लेकिन अब मुझे कुछ नहीं चाहिए।'

'क्यों, तुम्हारा दिमाग खराब हो गया है क्या?'

मेम भाभी ने कहा, 'नहीं, मैं रानी की गद्दी पाने के लिए फतेहगढ़ आई थी। और वह मुझे अभी तक नहीं मिली हैं।'

हठात् बड़े महाराज का होश लौट आया। बोले, 'गद्दी?'

'हां, गद्दी! मैं रानीजी की गद्दी चाहती हूं। मैं फतेहगढ़ की रानी साहिबा की गद्दी चाहती हूं। मैं सुल्तानगंज की प्रिंसेस नहीं बन सकी तो फिर..!'

महाराज ने कहा, 'फतेहगढ़ की प्रिंसेस नहीं बन सकी तो क्या करोगी? क्या फिर भागोगी?'

मेम भाभी ने कहा, 'तो क्या तुम मुझे बांधकर रख सकोगे?'

महाराज ने कहा, 'कहां भागोगी तुम?'

'किसी और स्टेट की रानी बनने की कोशिश करूंगी। मेरी उम्र इतनी नहीं हुई है। अभी भी मुझमें यौवन बाकी है।'

'रानी बने बिना तुम्हारा काम नहीं चल सकता?'

मेम भाभी रो पड़ी। बोली, 'जानते हो, मैं बहुत दूर से आई हूं, हजारों मील दूर से। वह भी सिर्फ रानी बनने के लिए। अगर रानी बन गई तो फिर मुझे रुपये नहीं चाहिए। मैं तुम्हारे महल के एक कोने में पड़ी रहूंगी। सिर्फ दो टाइम का खाना दे देना।'

महाराज ने कहा, 'तुम थोड़ी व्हिस्की और पिओ।'

मेम भाभी ने कहा, 'तुम व्हिस्की पिलाकर मुझे फुसला नहीं सकते। मैं व्हिस्की नहीं पिऊंगी।'

‘क्यों?

मेम भाभी ने कहा, ‘यह क्यों सुनना चाहते हो?’

महाराज ने कहा, ‘हमारे फतेहगढ़ में तुम्हारे देश की बहुत सी लड़कियां आ चुकी हैं, पर उनमें से तो किसी ने तुम्हारी तरह व्हिस्की पीने से इन्कार नहीं किया।

मेम भाभी ने कहा, ‘मैं भी पहले पीती थी और अब भी पीती हूं, लेकिन तुम्हारे साथ रात को एक कमरे में बन्द होकर अब कभी नहीं पिऊंगी।’

‘क्यों?’

मेम भाभी ने कहा, ‘जो गलती मेरी मां कर चुकी है, वही मैं नहीं करना चाहती।’

महाराज ने पूछा, ‘तुम्हारी मां ने क्या गलत की थी?”

अचानक मेम भाभी तेज धार वाली तलवार की तरह पैनी हो गई। बड़े महाराज ने इंगलिश वाली का यह रूप कभी नहीं देखा था। उन्हें, ऐसा लगा, मानो कोई जहरीला सांप अपनी पूंछ के बल पर उनके बिस्तर पर तनकर खड़ा हो और अपना सिर हिला रहा हो। वह उनकी तरफ देखकर जोर-जोर से सांस ले रही थी।

महाराज ने कहा, ‘सो जाओ, सो जाओ तुम, मैं चला जाता हूं।’

मेम भाभी ने झट से बड़े महाराज का हाथ पकड़ लिया। बोली, ‘तुम भाग नहीं सकते।’

महाराज ने कहा, ‘कल सुबह मैं फिर आऊंगा। अभी तुम गर्म हो रही हो, अतः अकेली रहकर ठंडी होओ।’

मैम भाभी ने कहा, ‘मैं गर्म नहीं हुई, ठण्डी ही हूं। तुमसे पहले भी मैंने बहुत लोगों के साथ रात बिताई है। मैं इंगलिश वाली हूं, मुझे कोई नहीं ठग सकता। मैंने ही सबको ठगा है। पर तुम...’

क्षण-भर चुप रहकर वह फिर बोली, ‘तुम सुल्तानगंज के प्रिंस के यहां से मुझे क्यों ले आए? क्यों तुमने मुझे झूठा प्रलोभन दिया?’

महाराज ने कहा, ‘मैं तुम्हें हर महीने दस हजार रुपये देता हूं। किसी

प्रकार के अभाव मे भी नहीं रखा तुम्हें मैंने।'

'पर तुम तो अपनी गद्दी देने की बात कहकर मुझे यहां लाए थे। रानी की गद्दी। वह दी तुमने?'

कुछ देर महाराज के मुंह से कोई जवाब नहीं निकला। फिर बोले, 'सुल्तानगंज के प्रिंस ने भी तो तुम्हें रानी साहिबा नहीं बनाया था।'

मेम भाभी ने कहा, 'लेकिन कलकत्ते में प्रिंसों की कमी तो नहीं थी। कइयों ने मुझे रानी बनाना चाहा था।'

बड़े महाराज ने कहा, 'पर वे तुम्हें मेरी तरह इतने रुपये न देते।'

'शायद न देते, लेकिन रानी तो बनाते मुझे।'

'लेकिन तुम्हें रानी बनने का इतना चाव क्यों है? रानी बनने का ऐसा कौन-सा लालच है तुम्हें? सभी लड़कियां तो रुपये मिलते ही खुश हो जाती हैं।'

मेम भाभी ने कहा, 'तुमने जिन लड़कियों को देखा है, वे शायद रुपयों से ही खुश हो जाती हैं। पर मैं लड़की होते हुए भी उन लोगों से भिन्न हूं। मैं इंगलिश वाली जो हूं।'

'मैंने और भी इंगलिश वाली देखी हैं।'

मेम भाभी ने जवाब दिया, 'पर उनको शायद मेहराब-तले नहीं जन्मना पड़ा था। उनके शायद बार बार बाप नहीं बदले थे। उनको शायद तेरह भाई-बहनों को पाल-पोसकर बड़ा नहीं करना पड़ा था। उनको शायद बाजार जा-जाकर मांस, मछली, सब्जी वगैरह नहीं चुराने पड़े थे। उन्हें शायद मां-बाप का प्यार मिला होगा। उन्होंने शायद रानी न बनने पर भी खुद को रानी बताकर अपना परिचय नहीं दिया होगा।' मेम भाभी महाराज की छाती से लगकर सुबक-सूबककर जोर-जोर से रोने लगी।

महाराज उठ बैटे और धीरे धीरे मेम भाभी की पीठ पर हाथ फिराने लगे। पहले भी बहुत पुरुषों ने इसी तरह उसकी पीठ पर हाथ फिराया था। ठीक उन्हीं लोगों जैसा ही यह हाथ था। बिलकुल वैसा ही लाड़ भरा। किसी प्रकार का फर्क नहीं। बहुत दिनों पहले अलक ने भी इसी तरह हाथ फेरा था और सुल्तानगंज के कुमार साहब ने भी। और भी कितने असंख्य हाथों

के स्पर्श से मेम भाभी की आत्मा कलंकित हुई है, इसका कोई हिसाब नहीं है। जिस तरह उसकी मां की देह कलवित हुई थी, उसी तरह मेम भाभी की देह भी कलंकित हुई है। स्वदेश-विदेश, पूर्वपश्चिम, सभी जगह एक ही हाल है!

अचानक मेम भाभी को महसूस हुआ कि महाराज उसकी पीठ पर से अपना हाथ खींच रहे हैं। मानो निःशब्द भाग जाने की कोशिश में हैं।

मेम भाभी ने कुछ नहीं कहा। वह नींद का बहाना किए पड़ी रही और अपना सिर तकिये में धंसा लिया। तकिये में उसकी आंख, नाक, मुंह सब दब गए और वह पेट के बल पड़ी रही। लगा कि बड़े महाराज धीरे-धीरे उठे। विछौना छोड़कर दरवाजा पार किया। अंधेरी निस्तब्ध रात में उनके जूतों का ठक-ठक शब्द निस्तरंग हवा में मिल गया। कुछ देर के बाद नीचे कॉरीडोर में महाराज की गाड़ी की एक मृदु-सी आवाज हुई और फिर क्रमशः वह भी दूर जाकर थम गई।

मेरे सामने मेम भाभी की आया कई बार आई और उसके चेहरे पर अच्छी तरह पाउडर, रूज लगाकर आंखों और भौंहों को तीखा कर दिया। सिर के जो बाल उड़े जा रहे थे, उनको संवारकर ठीक किया। बातचीत के बीच में ही मेम भाभी की बिल्ली आकर उसकी गोद में बैठ गई। कुत्ता आकर उसके पैरों में अपना सिर रगड़ने लगा। मैं सब कुछ गौर से देख रहा था।

अचानक मेम भाभी ने पूछा, 'तू आबू किसलिए आया है?'

मैंने कहा, 'क्यों, यहां नहीं आना चाहिए था मुझे?'

मुझे याद है कि उस निस्तब्धता में मैंने एक बार पूछा था, 'मेम भाभी, क्या तुम्हें कोई बच्चा-वच्चा नहीं हुआ?'

मेरी बात का मेम भाभी ने कोई जवाब नहीं दिया।

मैं सोच रहा था कि और क्या प्रश्न करूं कि एकागक मेम भाभी ने कहा, 'तू यहां से आज ही चला जा।'

सुनकर मैं दंग रह गया। पूछा, 'क्यों?'

मेम भाभी ने कहा, 'यहां तुझे क्या काम है?"

मैंने कहा, 'वैसे कोई खास काम नहीं है। यों ही घूमने आया था।'

मेम भाभी ने कहा, 'तो फिर आज ही चला जा।'

मेम भाभी ने कहा, 'यहां रहने पर तू मुसीबत में फंस सकता है।'

'मुसीवत! मुसीबत कैसी?''

मेम भाभी ने गिलास में से एक बूंट शराब का लिया। बोली, 'मैं आज रात को यहां से भागूंगी।'

मेरे आश्चर्य का ठिकाना न रहा। मैंने पूछा, 'क्यों, कहां भागोगी? क्यों भागोगी?'

सिंगरेट से गहरा कश लेकर ख़ब ढेर सारा धुआं उगलकर मेम भाभी अपनी गोद में बैठी बिल्ली के शरीर पर हाथ फेरने लगी। बोली, 'यह देख, इन सबको छोड़कर चले जाना पड़ेगा मुझे। सुना है, मेरे हाथी को एक बच्चा हुआ है, पर अब तो उसे भी शायद बिना देखे जाना पड़ेगा। मेरे घोड़े ने इस बार कलकत्ते में वायसराय का कप जीता है, पता है तुझे?

मेम भाभी ने सिगरेट का एक और कश लगाकर धुआं छोड़ा। बोली, 'खैर, एक ही जीवन में मुझे इतनी तरह की जानकारियां तो हुई। बस्ती बस्ती से शुरू करके राजप्रासाद तक अब कुछ भी देखना बाकी नहीं रहा। वही एक प्रकार की घटना और एक ही तरह की जानकारी! किसी प्रकार का फर्क नहीं।'

मैंने पूछा, 'कोई फर्क नहीं? लेकिन फ्री स्कूल स्ट्रीट से तो अधिक सुख में हो यहां।'

मेम भाभी ने कहा- 'पर अभी भी रानी साहिबा कहां बन पाई? ये तो सभी छद्मवेश थे। बड़े महाराज ने मुझसे शादी नहीं की।

'यह क्या कहती हो! यह राजप्रासाद, ये लोग-बाग, हाथी-घोड़े, इतने साज-सरंजाम, सब झूठ हैं?'

मेम भाभी ने कहा, 'मेरी रानी बनने की इच्छा अन्त तक पूर्ण नहीं हुई।'

'क्यों?'

मेम भाभी ने कहा, 'एक दिन दिल्ली से बड़े महाराज के नाम एक पत्र आया। मर्जर में सही करना था। पटेलजी ने उन्हें बुला भेजा था। महाराज की आमदनी कम हो गई। उनका मन बहुत खराब हो गया।'

मेम भाभी ने गिलास से होंठ लगाए। सोने के पाइप में लगे सिगरेट का एक कश लेकर धुआं छोड़ा। बोली, 'इसीलिए मैं आज रात चली जा रही हूं।'

मैंने पूछा, 'इस बार कहां जाओगी?'

मेम भाभी ने कहा, 'भई, अब तो विलायत ही चली जाऊंगी वापस।'

मुझे अपने कानों पर विश्वास करने की इच्छा नहीं हुई। मैंने कहा, 'इतने दिनों बाद सचमुच लौट जाओगी?'

मेम भाभी ने कहा, 'हां, अब भागने के सिवाय कोई चारा नहीं है। मैं इतने दिनों से विलायत रुपये भेजती रही हैं। वह भी महाराज ने गवर्नमेंट को बता दिया है। इन सबके अलावा अब मुझे यहां अच्छा भी नहीं लगता। अब तो विलायत में मेरा खुद का मकान बन गया है। अब वापस अपने 'देश लौटकर वही दिन काटूंगी। बहुत देख लिया। बहुत कुछ सीख लिया। जिन लोगों से घृणा के हाथों से मुक्ति नहीं मिली। यहां जो लोग मुझे रास्ते में, बाजार में मिल जाने पर साष्टांग प्रणाम करते हैं, क्या तुम समझते हो कि वे सचमुच ही मेरी इज्जत करते हैं?'

मैंने पूछा, 'तो क्या नहीं करते?'

मेम भाभी ने कहा, 'नहीं। देखो न, मेरे पिताजी एक दिन सड़क के पश्चिम की ओर से आ रहे थे और मेरी मां आ रही थी उत्तर की ओर से। मोड़ पर पहुंचते ही उनकी मुलाकात हो गई। उसी मुलाकात के फलस्वरूप मेरा जन्म हआ और यही दुर्घटना मैंने सर्वत्र देखी है। सड़क पर किसी मेहराब के नीचे जन्म लेकर अपना जीवन शुरू करके राजप्रासाद के हरम तक, सभी जगह एक ही बात!'

मैंने पूछा, 'बड़े महाराज तुमको जाने देंगे?'

मेम भाभी ने कहा, 'नहीं जाने देंगे, इसीलिए तो छिपकर जा रही हूं।'

क्षण-भर रुककर वह फिर बोली, 'तू आज ही चला जा। कल समूचे आबू में हो-हल्ला मच जाएगा। बड़े महाराज कई महीनों से मुझ पर शक कर रहे हैं। यहां भी मेरे पीछे जासूस लगा रखे हैं। इसीलिए कह रही हूं कि तू चला जा यहां से।

मैंने कहा, 'पर जाऊं कैसे?'

मेम भाभी ने कहा, 'तुम्हारे हवामहल में रात को कार भेज दूंगी। तू तैयार रहना। कार तुम्हें यहां से बहुत दूर पहुंचा देगी।'

मैंने पूछा, 'और तुम?'

मेम भाभी ने कहा, 'मेरे बारे में तुम्हें चिन्ता करने की जरूरत नहीं।'

मैंने पूछा, 'फिर भी, तुम्हारे जाने की क्या व्यवस्था होगी?'

मेम भाभी ने सिगरेट का कश लेकर धुआं उगला। बोली, "मेरे जाने की तुम्हें चिन्ता नहीं करनी पड़ेगी। विली इण्डिया में है। वह मेरे लिए सारा इन्तजाम करके रखेगा।

मुझे याद है, इस घटना के बहुत दिनों बाद एक दिन मैं रोहिणी बाबू से भेंट करने गया था। मैं महसूस कर रहा था कि किसी दिन जिस विजयोल्लास से फूलकर मैं घर लौटा था, उसकी लज्जा दूर करनी पड़ेगी।

पंचा ने कहा था, 'अर्जुन, सर!'

सुबोध ने कहा था, 'भीम, सर!'

फटिक ने कहा था, 'कर्ण, सर!'

यह सभी को मालूम है कि विजय की माला हमेशा युधिष्ठिर को ही मिली है। उस समय मुझे भी यही मालूम था। पर आज दूसरी ही बात मालूम हुई। आज मुझे पता चला कि जय और पराजय में कोई फर्क नहीं है। अकसर देखा गया है कि कई लोगों ने मनुष्य के सामने हार स्वीकार करके भी विधाता के हाथों जयमाला पाई है। लेकिन यह भी देखा गया है कि मनुष्य जयी होकर लोग जब विधाता के सामने अपना हिसाब पेश करते हैं, उस समय कितने ही लोगों के सिर शर्म से झुक जाते हैं। आज

जिसको हम विजय कहते हैं, वहीं कल रातों रात पराजय में बदल जाती है। क्या सार्थक है और क्या निरर्थक—इसका फैसला कौन कर सकता है?

मुझे याद है, उस दिन रात को जब लौटकर आया तो न जाने मुझे कैसा डर-सा लग रहा था। आबू रोड की इतनी ठण्ड में भी मैं पसीने-पसीने हो गया था। दूर कहीं पन्द्रह मिनट के अन्तर से गिर्जाघर का घण्टा बराबर बज रहा था। उस आवाज की तरंग मानो समूचे पहाड़ पर तैरती हुई अनन्त में मिल रही थी। बाहर की साधारण-सी आवाज पर भी मैं चौंक उठता और मन ही मन यही दुआ करता कि मेम भाभी जहां कहीं भी जाए, सुख से रहे। दूर गगन में कहीं कोई पक्षी पुकार उठा। कूक-कूक की सी आवाज थी वह। शायद किसी पहाड़ी पक्षी का आर्तनाद था। टप-टप करके खिड़की के टिन पर ओस की बूंदें पड़ रही थीं। किसी पेड़ की टहनी से एक सूखा पत्ता टूटकर निःशब्द नीचे गिर पड़ा। घास में अंकुर फूट पड़े।

मैं कान खड़े किए हुए मेम भाभी की गाड़ी का इन्तजार कर रहा था। कल सुबह यहां पुलिस आएगी। पूरे शहर में खोजबीन होगी। पर मेम भाभी कहीं नहीं मिलेगी। बहत दिनों और रातों के बाद मेम भाभी अपने घर लोटेगी, और वहां पहुंचकर फिर से गृहस्थी बसाएगी। अब किसी से भी उसे घृणा नहीं होगी। विली भी युद्ध से लौटकर शादी करेगा। मैटिल्ड की शादी हो चुकी है। उसके बाद मिनी की शादी होगी। फिर हेनरी, मार्टिन सभी की गृहस्थी बसेगी। मेम भाभी उन्हीं लोगों की एक सहोदरा है, उनकी ही आत्मीया है। वह हम लोगों की कोई नहीं, कुछ नहीं लगती। वहां लम्बा गाउन पहनकर वह गिर्जाघर जाकर प्रार्थना करेगी—'समय पूरा हुआ, और भगवान का साम्राज्य सामने है, पश्चात्ताप करो...'

और मुझे उस दिन की भी तमाम बातें याद हैं, जिस दिन हावड़ा स्टेशन, दमदम एयरोड्रम, खिदिरपुर के डेक से अंग्रेज भारत छोड़कर चले गए। चौरंगी पर, ट्रेन में या सिनेमाघरों में अब वे दिखाई नहीं पड़ते, जबकि तीस-चालीस साल पहले वही राह गुजरते निरीह लोगों

के सिर पर बेंत मारते हुए चलते थे; फिर भी उन्हें कोई कुछ कहने-सुनने वाला नहीं था। हम लोगों ने जी-जान से, बल्कि पूरी तरह से साहब बनने का प्रयत्न किया था। पर प्रयत्न करने के बावजूद हम लोग साहब लोगों की नजर में प्रथम तो नेटिव थे, फिर बाबू। हम लोग साहब नहीं बन सके, इसका हमें क्या कम दुःख था? पर आज वह सारा अतीत इतिहास बन गया है। लेकिन आज के तुम सभी लोग याद रखो कि उस दिन तमाम अंग्रेज लड़के-लड़कियों के चले जाने के पश्चात् भी सिर्फ एक ऐसी लड़की थी, जो नहीं जा सकी थी। सिर्फ वही एक उन सबसे पिछड़ गई थी। वह आज भी आबू पहाड़ के पत्थरो में मिट्टी के नीचे बिलकुल निश्चित अनन्त निर्भरता के साथ चिर-निद्रा में विश्राम कर रही है। वह हार चुकी है। दुनिया की भीड़ में परिश्रान्त होकर वह पथ खों बैठी है।

अब रही कहानी सुनाऊं।

जब मेरी नींद टूटी तो देखा, सुबह हो चुकी थी।

गिर्जाघर की घड़ी में टन-टन कर घण्टे बज रहे थे। उस समय आबू पहाड़ के चारों ओर कुहासा फैला हुआ था। कुहासे से आच्छन्न सूर्य की किरणें पहाड़ की चोटी पर पड़ रही थी। उधर सनसेट प्वाइण्ट पर अंधेरे का छिटपुटा-सा छाया था।

मैं बिलकुल संज्ञाहीन हो गया, मानो मेरी समूची चेतना ही लुप्त हो गई हो। तो क्या उसने गाड़ी नहीं भेजी? नहीं, यह भला कैसे हो सकता है? शायद मुझे ही नींद आ गई हो और गाड़ी का हॉर्न सुनाई न दिया हो। मैं धोती-कुरता बदलकर सड़क पर निकल आया तो देखा कि सड़क पर खासी भीड़ जमा है। अनगिनत सिपाही और कड़ा पहरा! चारों ओर गजब की सरगर्मी नजर आ रही थी। नौकर-चाकर, लाव-लश्कर सभी व्यस्त! तो क्या सब जाग पड़े थे और उन्हें मेम भाभी के भागने की बात मालूम हो गई? कुछ आगे बढ़ते ही मेरी समस्या का समाधान हो गया।

कल वाला वह आदमी, जिसने मुझसे स्टेशन पर बातें की थीं, मुझे देखते

ही मेरे पास दौड़ा आया और पूर्ववत् सलाम करके खड़ा हो गया। मैंने पूछा, 'मेम भाभी कहां है ?'

उस व्यक्ति ने कहा, 'हुजूराइन नहीं हैं, हुजूर !'

मैंने पूछा, 'कहां गईं ?'

उस व्यक्ति ने कहा, 'मर गईं, हुजूर !'

और पादरी साहब की दी हुई बाइबल के पन्ने उलटते-पलटते मुझे वे तमाम बातें याद हो आईं कि बड़े महाराज ने मेम भाभी के पीछे गुप्तचर लगा दिए थे। उन्हें शायद शक हो गया था। हो सकता है, उन्हें सब कुछ मालूम चल गया हो और मेरे पास गाड़ी भेजने के पहले ही उन्होंने शायद सब कुछ खत्म कर दिया हो। शायद रात के पहले पहर में ही सारी घटना घट चुकी हो। मेम भाभी निश्चिन्त होकर कुछ देर के लिए सोई होगी। घोर अंधेरी रात में शायद कोई पहले से ही मेम भाभी के कमरे में घुसछिपकर बैठ गया होगा और मेम भाभी को उसका पता नहीं चल सका होगा। जब हवामहल में तमाम शोर-गुल और चहल-पहल शान्त हो गई होगी तब वह अपनी ओट से निकला होगा और...

उसके बाद मिट्टी की पृथ्वी पर सवेरा हुआ। एक के बाद एक सभी जाग पड़े, पर मेम भाभी की नींद नहीं टूटी। उधर विली ने भी एयरोड्रम पर खड़े-खड़े शायद उम्मीद छोड़ दी। अपनी दीदी को तो वह अच्छी तरह जानता था न! प्लेन की टिकट, पासपोर्ट सब बेकार हो गए। सारा प्लान ही नष्ट हो गया। गिर्जाघर की घड़ी में उस वक्त भी घण्टे टन-टन बज रहे थे—'समय पूरा हुआ, और भगवान का साम्राज्य सामने है... पश्चात्ताप करो...आमीन!'

आज भी आबू पहाड़ के गिर्जाघर के सहन में खड़े होकर देखें तो चारों तरफ समाधि-स्तम्भों की कतारें दिखाई पड़ेंगी। वहां बहुत-से लोगों की समाधियां हैं। उन्हीं में एक समाधि के ऊपर सफेद पत्थर पर सिर्फ इतना ही लिखा है :

यहां विश्राम कर रही है
एक महिला
जिसने मनचाहा जीवन जिया और खुश-खुश मर गई।

एक विदेशी महिला के लिए मुझे खर्च करते देखकर गिर्जाघर के पादरी साहब उस दिन शायद चकित हो गए थे।

उन्होंने मुझसे पूछा था, 'मिस नोरा आपकी क्या लगती थी?'

उनकी बात का कुछ जवाब न देकर मैं वहां से बहुत शीघ्रता से खिसक पड़ा था, क्योंकि बूढ़े पादरी साहब शायद मेरी बात नहीं समझ पाते। बल्कि कोई भी और व्यक्ति मेरी बातें भला क्या समझ पाता ?

मेम भाभी के जीवन की सार्थकता समझने की सामर्थ्य किसमें थी भला?

एक दिन नदी ने कहा था—मैं समुद्र बनूंगी। लगता है, शायद इसीलिए वह कहां और किस पहाड़ के शिखर से निकलकर चलती-चलती समुद्र में आ मिली थी। आज वही सचमुच समुद्र बन गई है, पर समुद्र बनने की उसकी लालसा आज भी नहीं मिटी है, क्या यही उसके लिए कम सुख की बात है?

○ ○ ○